庫

文庫書下ろし／長編時代小説

すみだ川

渡り用人 片桐弦一郎控㈣

藤原緋沙子

光 文 社

この作品は光文社文庫のために書下ろされました。

目次

『すみだ川』に出てくる主な登場人物

片桐弦一郎……神田松永町の裏店に住んでいる、元安芸津藩五万石の御留守居役見習い。藩が改易になったため浪人となり、糊口しのぎで渡り用人に。普段は、通油町の古本屋『大和屋』の筆耕の仕事を請け負っている。小野派一刀流の流れを汲む無心流の目録を持つ剣の達人でもある。

おゆき……神田松永町にある材木問屋『武蔵屋』の主・利兵衛の一人娘。『武蔵屋』で起こった居直り強盗を弦一郎が取り押さえたことからなにかと世話を焼きに弦一郎のもとへ通っている。

政五郎……通称・鬼政の名で知られる岡っ引。神田佐久間町で煮売り酒屋『千成屋』を営んでいるお歌の息子だが、志願して北町奉行所の詫間晋助から手札を貰っている。縄張りの『武蔵屋』で起きた居直り強盗で弦一郎の世話になり、それ以来まるで弦一郎の子分のような顔で近づいてくる。

おきん……青茶婆と呼ばれる借金の取り立て屋。自身も金貸しをやっているが、ある事件で弦一郎に世話になり、以後、弦一郎のもとへ足繁く出入りしている。

お歌……鬼政こと政五郎の母親。『千成屋』の女将。

万年屋金之助……弦一郎と懇意にしている口入屋。

すみだ川――〈渡り用人 片桐弦一郎控㈣〉

第一話　すみだ川

一

片桐弦一郎《かたぎりげんいちろう》とおゆきは、向嶋《むこうじま》に出向いた帰りに、本所石原町《ほんじょいしはらちょう》から渡し船に乗った。

おゆきは、弦一郎が住む裏店《うらだな》の家主、神田松永町《かんだまつながちょう》の材木問屋『武蔵屋《むさしや》』利兵衛《りへえ》の一人娘である。

武蔵屋で起こった居直り強盗を弦一郎が取り押さえたことから、なにかとおゆきは弦一郎の世話を焼きに裏店に通ってくるようになった。

今日、おゆきは利兵衛の代理で、得意先に届け物をするというので、弦一郎は供《とも》としてやってきたのだが、帰りは渡し船に乗りたいなどとおゆきが言い出して乗ってみた。

乗客は七人だった。船が岸から離れると、川面《かわも》を渡るさわやかな微風《びふう》が肌を撫《な》で、誰《だれ》もがいっときの船渡りを楽しんでいるかのような、和《なご》やかな空気に包まれていた。

おゆきも、弦一郎との外出がかなって心弾ませているらしく、弦一郎の片袖《かたそで》をつかまえて船の揺れを楽しんでいるようだ。

少女のような目で、初夏の青い空を映して流れる大川《おおかわ》の光景を見渡している。

伝馬船《てんません》、猪牙舟《ちょきぶね》、屋根船《やねぶね》、それに水上で物を売るうろうろ船《ぶね》などがゆったりと行き交い、川の上流には、帰りそびれた数羽の白い鳥が、水面《みなも》すれすれに飛んでいくのが見えた。

ぴぃー……。

突然背後で笛の音が響いた。二人は驚いて振り向いた。

笛の主《ぬし》は、銀杏髷《いちょうまげ》の十二、三歳の小娘だった。

供の中年の女が、小娘の吹く笛をうっとりした顔で見守っている。

どうやら笛の稽古《けいこ》の帰りのようだが、覚えたての節《ふし》をおさらいしているらしく初々《ういうい》しくてあどけなかった。

おゆきは、微笑《ほほえ》んで弦一郎と顔を見合わせた。

「止《や》めろ、耳障《みみざわ》りな！」

その時突然怒鳴った者がいる。羽織袴《はおりはかま》の武士だった。

「！……」

小娘は真っ青な顔をして武士の顔を見たまま硬直した。だが、

「あっ」

小娘の手から笛が離れて船縁《ふなべり》に当たり、その弾みで水中に落ちた。

武士の怒声《どせい》に、うっかり手を離してしまったのだ。

「お嬢さま、危ない！」

供の女が手を差し出して叫んだが遅かった。

小娘は、落ちていく笛を取ろうとして手を伸ばし、そのまま川の中に真《ま》っ逆《さか》さまに落ちて行った。

「ああ、お嬢さま！……お糸《いと》お嬢さま！」

供の女は水中に手を伸ばして大声で叫ぶ。船が大きく揺れた。

「うわー！」

乗客がどよめく。

「危ない、皆さん、動かないで！」

船頭が叫ぶが、水中に落ちた小娘は、浮いたり沈んだりしながら口をぱくぱくしてあがいている。

「どなたかお助け下さいまし！　お嬢さまをお助け下さいまし！」

供の女は乗客たちに手を合わせる。憮然《ぶぜん》とした武士とは対照的に、皆おろおろとして顔を見合わせる。

片桐弦一郎が立ち上がった。

「おう……」

期待の声を漏《も》らして皆一斉に弦一郎を見た。

片桐弦一郎は、腰の刀を引き抜くとおゆきに預け、次の瞬間、水の中に飛び込んだ。

「弦一郎さま……」

水中に沈む弦一郎の姿を呆然《ぼうぜん》とおゆきは目で追った。

やがて水面に顔を出した弦一郎は、息をひとつ大きくつくと、もはや手だけを水上に僅《わず》かに覗《のぞ》かせてもがいている小娘めがけて泳いで行った。

おゆきにとっては、途方もなく長い時間に思われたが、やがて、弦一郎の手が水中で小娘の体をしっかりと摑《つか》まえるのが見えた。

弦一郎は、娘の顔を水の上に引き上げて、小脇《こわき》に抱え、立ち泳ぎで慎重に船に戻って来た。

固唾《かたず》を呑《の》んで見ていた皆から歓声の声が上がった。

「手を貸してくれ」

弦一郎の呼びかけに応じて、三人の男の客が船縁に寄り、水に浸《つ》かった重たい小娘の体を船上に引き上げた。

「お嬢さま……ああ、お糸お嬢さま、目を開《あ》けて下さい、お嬢さま！」

供の女は、ぐったりした小娘の体を揺り動かして叫ぶ。

「待ちなさい」

弦一郎は供の女を脇に押しやると、素早く小娘の胸を押し始めた。するとまもなく、小娘の口から水があふれ出てきた。

「おお……」

見守る客たちの間からどよめきが湧《わ》いた。

弦一郎は、更に小娘の脈を診《み》、心《しん》の臓《ぞう》にも耳を当てていたが、やがてその顔に安《あん》堵《ど》の笑みが浮かんだ。

「大丈夫だ、水もたいして飲んではおらぬようだ。心の臓もしっかり打っておる。

手当てをすれば大事ない」

供の女に告げ、今度は船頭に言った。

「船頭、急いでこの船を駒形堂《こまがたどう》にやってくれ。船着き場の近くに俺の知っている医者がいる」

「合点《がってん》です」

船頭は大きな声を張り上げると、櫓《ろ》の舵《かじ》を駒形堂の方角に取り直し、乗客に伝えた。

「すまねえが皆さん、皆さんも駒形堂で下りていただきやす」

皆が頷《うなず》いた。誰もが胸をなで下ろして、ほっと息をついている。だがすぐに、その目は、この騒ぎの元となった一人の武士に向けられた。

「俺のせいだと言いたいのか……」

武士は一瞬、非難の目にたじたじとなって喚《わめ》いた。だが、

「俺はこの娘に指一本触れてはおらんぞ」

恐ろしい顔で睨《にら》み返した。

「しかしおぬしが、あんな怒声を上げなければ笛は落ちなかった。この娘も溺《おぼ》れることはなかったのだ」

弦一郎の言葉に、武士は狼狽《うろた》える目を見せたが、肩を怒らせて横を向いた。

「せめてこの娘に、詫《わ》びのひとつも言うのが人の道、そうでなければ、百姓町人の上に立つ武士の名が泣こうというもの」

「ふん……」

武士は鼻を鳴らした。言葉に詰まったのは間違いないが、船が駒形堂に到着するまで、素直に詫びの言葉を口にすることはなかった。

船が停《と》まると、武士は真っ先に下船し、足早に去って行った。

「なんてお武家さんだ、許せねえ」

客たちは武士の背に叫んだ。

程なく小娘は、弦一郎や船頭ほか皆の手で、町医者玄容《げんよう》の家に運びこまれた。

「旦那《だんな》、お聞きしましたぜ。なんとも見事な泳ぎっぷりだって……河童《かっぱ》だってあれほどの泳ぎは出来ねえって……もう、たいした評判で……」

鬼政《おにまさ》こと政五郎《まさごろう》は、やって来るなり上がり框《かまち》に腰をどんと据《す》えて気炎を上げた。

鬼政は岡っ引である。神田佐久間町《かんださくまちょう》で煮売り酒屋『千成屋《せんなりや》』を営んでいるお歌《うた》の息子で、本来なら店の仕事をするべき男だが、岡っ引を志願して、北町奉行所《きたまちぶぎょうしょ》の同心詫間晋助《たくましんすけ》から手札《てふだ》を貰っている。

縄張りの武蔵屋で起きた居直り強盗で弦一郎の世話になり、それ以来、まるで弦一郎の子分のような顔でやって来る。

「なんだよ今ごろ、鬼政の親分は……」

待ってましたとばかり、一足先に来て、部屋に上がり込んでいたおきんが口を開いた。

おきんは青茶婆《あおちゃばば》と呼ばれる借金の取り立て屋である。自身も金貸しをやっているが、おきんもある事件で弦一郎に世話になり、以後なんだかんだと出入りしている。

「まったく、十手《じって》持ちのくせに耳に入るのが遅いんじゃないかい。この婆のほうがよっぽど早耳だ」

自分の耳の中を、指でぐりぐり掻《か》いてみせる。

弦一郎は苦笑して膳《ぜん》の飯をかき込んでいる。

おきんはその弦一郎の顔を誇らしげに見て、膳の前に置いてある大きな酒徳利《どっくり》を、どんと弦一郎の前に置き直した。

「たんと飲んどくれよ」

どうやら酒は、おきんが買ってきたらしい。

奥ではおゆきが、弦一郎の濡《ぬ》れた着物に火熨斗《ひのし》を当てている。おきんに機先《きせん》を制せられて鼻白《はなじろ》んでいた鬼政は、這《は》い上がってきて弦一郎とおきんの間に腰を据《す》えた。

「何、あっしもちょうど浅草寺《せんそうじ》に用があっての帰りに旦那の話を聞きやしてね。旦那が助けた娘は、蔵前《くらまえ》の札差《ふださし》『紀伊国屋《きのくにや》』の娘だっていうじゃありやせんか。おゆきさんのところの武蔵屋さんも大店《おおだな》でございやすが、札差といえば、こちらも言わずと知れたお大尽《だいじん》さま……娘の命を助けてもらったとあっちゃあ、さぞかしお礼もたっぷりと頂いたんじゃねえかと、もっぱらの評判で……」

「なんだ親分は、そのおこぼれにでもあずかろうって、やってきたのかい」

おきんが小馬鹿にしたように皮肉った。

「ちぇ、ああいえばこういう、こういえばああいうで。いいじゃねえか、めでたいことなら皆で祝ったほうが楽しいじゃないか」

鬼政は、口をとがらせた。

するとおきんが、間髪《かんはつ》入れず、

「おあいにく様だ。あたしを一緒にしないでおくれ。あたしはね、溺れた娘とは何の関《かか》わりもないんだけど、旦那のお手柄が、ただただ嬉《うれ》しくって飛んで来たのさ。なのに、肝心な札差からは音沙汰《おとさた》ひとつないらしいんだ。呆《あき》れたね、札差は強欲《ごうよく》じやなくちゃあ儲《もう》からないって聞いているが、それじゃあ人の道に外れるんじゃないのかね、あたしゃ腹立ててんだ」

口から泡を飛ばして言った。

なんともまあ、情け容赦《ようしゃ》なく取り立てる青茶婆に言われては札差も形無《かたな》しだ。鬼政は苦笑した。

「いいんだ、それで……娘の命が助かったんだ、それで十分……はっくしょん！」

弦一郎はついくしゃみをしてしまった。

「弦一郎さま」

おゆきが、駆け寄って弦一郎の顔を覗く。

「久しぶりに水に浸かった……はっくしょん！」

「まもなくお着物は乾きますからね」

おゆきは、また元の場所に戻って火熨斗を取った。

「くっくっくっ」

おきんと鬼政が顔を見合わせて笑った。

「なんだよ、何がおかしいんだ」

睨んだ弦一郎に鬼政が言った。

「だって、風邪のひとつやふたつひいたって、おゆきさんにこうして世話をしてもらえるんだったら、旦那、毎日大川に飛び込みたい気分じゃござんせんかね」

「馬鹿、なんてことを言うのだ」

大慌《おおあわ》てで手を振って赤い顔をしたもんだから、

「ひゃっ、ひゃっ、ひゃっ」

おきんが面白がって笑いこけた。するとそこへ、

「ごめん下さいまし」

おとないを入れた者がいる。

「んっ」

いきなり水を掛けられたように静かになって、皆戸口に視線を流すと、なんと、妙齢《みようれい》の婦人が、風呂敷包みを抱えた手代《てだい》を供に連れて入って来た。

――来た……。

という顔で、おきんも鬼政も口をあんぐりして、入って来た二人を見迎えた。

なにしろ妙齢の婦人の出で立《た》ち《い》が、男でも目を惹《ひ》くほど贅沢《ぜいたく》なものだったからだ。

風合いの深い丹後縮緬《たんごちりめん》を、薄い鼠紫《ねずむらさき》に染め上げた小袖を着、襟元《えりもと》にはそれよりも少し濃い紫の麻《あさ》の葉文様《はもんよう》の中着《なかぎ》が見えている。帯は茶の地に、濃い藍色《あいいろ》の鱗《うろこ》模

様を織り込んでいる。

顔の造作《ぞうさく》はたいして美人とはいえないが、身に纏《まと》った出で立ちは、どこから見ても、とびきり大店のお内儀《ないぎ》さまだった。

おゆきも、火熨斗の手をとめて目を奪われている。

供の手代が慇懃《いんぎん》に頭を下げた。

「手前は御蔵前片町《おくらまえかたまち》の札差紀伊国屋の者でございます」

すると、内儀が後を続けた。

「片桐弦一郎さまでございますね」

「いかにもそうだが……」

弦一郎が箸《はし》を置いて上がり框まで出て行くと、

「お糸の母親で、紀伊国屋の家内でございます。この度《たび》は娘をお救い下さいまして、なんとお礼を申し上げてよいかわかりません。本日はとりあえずお礼に参りました」

内儀は、手代から風呂敷包みを受け取って弦一郎の前に置いた。

「それで、娘御はいかがか」

「はい。お医者さまも大事ないとおっしゃって下さいました。床につくのも数日のことだと……。本人もすっかり元気になりまして、早く笛のお稽古《けいこ》に行きたいなどと申しております。ええ、向嶋にいい先生がいらして、娘はそこに通っていたのでございます」

「そうか、それはよかった」

「はい。本当に運のいい子です。片桐さまが乗り合わせていらっしゃらなかったら、あの子はどうなっていましたやら、感謝の言葉もございません。近いうちに、改めてお礼を申し上げたいと夫も申しておりますが、本日はとりあえずお礼のご挨拶《あいさつ》をと存じまして……」

内儀は丁寧《ていねい》に頭を下げると、それでは本日はこれでと告げて帰って行った。

弦一郎は、風呂敷を解いた。

覗いていたおきんと鬼政が、思わずため息をついた。

風呂敷包みには、有名な『鶴屋《つるや》』の菓子箱が入っていて、その箱の上には、紫の袱紗《ふくさ》に包んだ物がある。開くと小判が五枚、金色に輝いていた。

「五両か……旦那、やっぱり豪儀なもんだねえ」

鬼政は、内儀が去った戸口を顎《あご》で指した。

「何が豪儀なもんか。あたしなら十両、いや、切《き》り餅《もち》一つははずむね。大事な娘の命を救って貰ったってのに……やっぱり強欲なんだよ。まあ、何も持ってこないよりましだがね」

おきんは不満そうだった。

「いやいや、これでしばらくは食える。おきん、鬼政、その菓子は二人で分けて持って帰ってくれ」

「ありがとうございやす」

鬼政が手を打ったところに、

「片桐さま」

口入屋《くちいれや》の万年屋《まんねんや》金之助《きんのすけ》が、にこにこしながら入って来た。

「片桐さまを是非にと申されるお大名《だいみよう》から話が参りました。この度のご活躍をお聞きになったようです、はい」

金之助は、手をもみながら、馬面《うまづら》を鬼政の横に並べた。

二

三日後、弦一郎が出向いたのは、愛宕下《あたご》にある一万石《ごく》の大名小栗藩《おぐりはん》の上屋敷《かみやしき》だった。

小栗藩は大名とはいえ、大身旗本《たいしんはたもと》に毛が生えたような小藩である。上屋敷も二千坪ほどで、屋敷も小さく質素な佇《たたず》まいだった。

門構えも片番所付きの長屋門《ながやもん》。弦一郎がかつて仕《つか》えていた安芸津《あきつ》藩は五万石ながら、上屋敷は五千坪は優《ゆう》にあり、門構えも石垣突き出し、屋根庇《ひさし》のある両番所付き長屋門だったから、小栗藩の上屋敷は心なしか侘《わ》びしく映った。

とはいえ大名には違いない。

玄関の式台《しきだい》から若党《わかとう》に案内されて、六畳ほどの座敷で待っていると、五十がらみの、鬢《びん》に白髪《しらが》の混じった痩《や》せた武士が入って来た。

廊下に控えた若い武士が言った。

「留守居《るすい》役の古屋半左衛門《ふるやはんざえもん》さまです」

古屋半左衛門は、弦一郎の前に座ると、頭を下げた弦一郎に声を掛けた。

「片桐弦一郎どのじゃな」

「お初にお目にかかります。万年屋金之助から話を頂きまして参上いたしました」

弦一郎は顔を上げた。

古屋留守居は奥目の、どんぐり眼《まなこ》をした男だった。くるりとした黒い瞳《ひとみ》を見開いて、弦一郎を品定《しなさだ》めするように見詰めてくる。やがてその目がほころぶと、ふっと笑みを見せて言った。

「そなたの評判を聞いてな。是非にも手助けしてほしいと万年屋に頼んだのだ。片桐どのは、まれに見る泳ぎの達者と聞いておる」

弦一郎は、噂《うわさ》が江戸を駆け抜ける早さに、今更《いまさら》ながら驚いている。

渡し船から紀伊国屋の娘が転落したのは三日前のことだ。

しかもその日の夕方には、金之助が小栗藩からの使いでやってきている。すると、小栗藩は半日も経《た》たないうちに、弦一郎が娘を助けたことを誰かから聞いたことになる。

「実は、あの船に乗り合わせていた客の中に、たまたまこの屋敷に出入りしている者がいたのだ。その者の話では、貴殿は着物を着たまま飛び込んで、小娘を抱きかかえて、あっという間に船まで運んできたと聞いている」

「夢中で飛び込んだまでのこと、噂は大げさに伝わっておりまして」

「いや、そうではあるまい。その者は噂をわしにしてくれたのではない。その目でしかと見たままを話したのだ。今時の武士には珍しいことだ。水練《すいれん》は剣術と同じく武術の一つ、武術の鍛錬などないがしろにしている当今《とうこん》の武士の鑑《かがみ》ではないか」

「……」

弦一郎は、楽しそうに話す古屋留守居の顔を見ながら、いったい自分は何のために呼ばれたのか考えていた。

三日前やってきた金之助は、

「小栗藩からお話がございました。片桐さまに是非お頼みしたいことがあるとおっしゃいまして……用件の中味はお会いしてからお話しするということです」

そう言っていたが、まさか大名家ともあろうものが渡りの用人《ようにん》を抱えたいということでもあるまい。

見たところ、留守居役である古屋半左衛門の着ている物は木綿《もめん》である。そういえば、弦一郎をこの部屋に案内してくれた若党も木綿の着物だったと思い出していると、

「おりいって頼みたいことがある」

古屋留守居は、笑みを消して弦一郎の顔を見た。

「そなたは安芸津藩の上屋敷にいたと聞いている。さすれば毎年、隅田川《すみだがわ》で、上様《うえさま》を警護する御徒士組《おかちぐみ》の水練競技があるのを存じておろう」

「はい。上様が御上覧《ごじょうらん》と聞き、私もこちらに参りました年には見物致しました」

古屋留守居はそうかという顔で大きく頷き、

「実はその競技に、今年は全国の三万石以下の大名のうち、籤《くじ》にあたった十藩が加わることになっての」

真剣な顔を向けてきた。

古屋留守居の話によれば、大名十組は、蝦夷《えぞ》と陸奥《むつ》で一組、出羽《でわ》で一組、下野《しもつけ》と上野《こうずけ》で一組、常陸《ひたち》と下総《しもうさ》と上総《かずさ》、安房《あわ》で一組……などというように、全国を十に区切って、その中から一藩ずつが選ばれたというのである。

「……」

弦一郎は驚いた。

水練の上覧競技は、昔は各大名も加わったことがあるらしいが、近年はもっぱら御徒士組の鍛錬のために行うようになっている。大名が参加することはなかったはずだ。

「上様のご意思のようだ。ただ武士の鍛錬を誇示するためだけのものではなく、われら小大名にとっては、上様に間近くお目通り出来るまたとない機会、しかも成績優秀ならご褒美《ほうび》まで下さるというのだ」

古屋留守居の目の奥に、燃えるものが見えた。怪訝《けげん》な顔で見た弦一郎に、古屋留守居は掻《か》い摘《つま》んで今度の競技の中味を話した。

毎年、御徒士の各組からは、四人の者が代表で競技に出ることになっている。御徒士は全部で二十組、総計八十人が競技に出るが、今年はそれに小大名十藩から、それぞれ数人ずつが加わることになった。

競技は団体演舞と襷《たすき》渡し、もう一つは餅《もち》食い競争、そして水中で立ち泳ぎをしながらの剣術試合。

いずれも一番が百点、二番が九十点、三番が八十点、四番が七十点と、順位が下がるごとに十点ずつ減点となり、十番で十点がつくが、以下は点数の対象にはならない。

そうして四つの競技の得点を足《た》していって、最高点になった組が上様よりお言葉を頂戴《ちょうだい》する。むろん、ご褒美も下賜《かし》される。

御徒士組へのご褒美は、金一封《きんいっぷう》ということになっているが、小大名については、一番になれば来年春に納めることになっている江戸城修復のお手伝金《てつだいきん》を免《まぬが》れるというのだから、小さな藩にとっては、またとない藩財政救助の機会といってもよい。

「わが藩が既《すで》に通達を受けている手伝金は三百両でござる。大藩ならば三百両など何ほどのこともなかろうが、一万石の小栗藩では三百両は死活問題。この好機を逃したくないのだ」

古屋留守居の話しぶりは、次第に熱が籠《こ》もってきた。

「古屋さま、お話の意はわかりましたが、いったいこの私に何をしろと申されるのですか」

弦一郎は質《ただ》した。まさかその水練競技に加われというのではあるまいと思ったが、

「さよう、この小栗藩がお手伝金を免れるよう、水練の指南役として尽力《じんりょく》を願いたい」

と言った。

弦一郎は絶句した。だがすぐに、

「ありがたいお言葉ですが、私ごときに出来る仕事ではございません。どうか他でお探し下さい」

きっぱりと弦一郎は断った。

古屋留守居は、がっかりして肩を落とし、目をつむったが、まもなく目を開くと、ひたと弦一郎を見直した。

「おぬし、わが藩を見捨てるというのか」

「まさか、力をお貸ししたくても、私にはそんな能力はございません」

「いやある。わしの目に狂いはない。片桐どの……」

古屋留守居は、にじり寄って来た。

「無茶です。私は請《う》け負《お》えない」

「しかしもう他に手立てがないのだ。時間もない。すっかり諦《あきら》めていたのだが、そなたの話を聞いて、ひょうたんから駒《こま》がでるかもしれぬと思ったのだ。小栗藩を助けると思って」

「お断りします。出来もしないことを引き受けて、あとで腹を切らされるのはごめん被《こうむ》りたい。申し訳ないが、これで失礼する」

弦一郎は一礼すると、刀を摑んで立ち上がった。

古屋留守居は何も言わなかった。だが、落胆《らくたん》の息づかいが、背を向けた弦一郎には伝わってきた。

生半可《なまはんか》な気持ちで引き受ければ、待ち受けているのは悲劇だと、弦一郎は振り切るように部屋を出て来た。

だが、廊下に出た弦一郎を、小走りに追ってきて、更に先に回って弦一郎の行く手に座って両手をついた者がいる。

先ほどから廊下に控えていた若い下級の武士だった。

「ご無礼を承知で申し上げます。お留守居さまは、この一件で日夜お苦しみでございました。殿様からも期待をかけられ、国元の御家老《かろう》さまからも、領民《りょうみん》一同命を懸《か》けて挑戦してほしいと申し渡され……」

若い武士は、思いあまって言葉を震わせた。

「領民一同命を懸ける……」

「はい、この上屋敷には、六十五人の者が殿様にお仕《つか》えしておりますが、そのうち武士といえる者は半分です。あとは百姓たちが小者《こもの》になったり、中間《ちゅうげん》になったりして、上屋敷としての体裁《ていさい》を整えているのです。そんな藩に、大枚《たいまい》をはたいて歴《れっき》とした水練流派の師を指南役に迎える財はございません。かといってこのままでは結果は火を見るより明らか……上様ばかりか三百諸侯《しょこう》の皆々さまから、嘲笑《ちょうしょう》され、侮蔑《ぶべつ》されるのは必定《ひつじょう》……そうなれば殿様は体面を失います。留守居の古屋さまは責任をとることになるでしょう」

「何、責任をとらされるというのか……」

弦一郎は、切羽《せっぱ》詰まったところにいる古屋留守居の立場に思いを馳《は》せた。

特に上屋敷在住の武士の数を聞いて驚いた。

大名は江戸に上屋敷、中屋敷、下屋敷と幾つも屋敷を持っているが、中でも大名が居る上屋敷と、世継《よつぎ》や隠居が住まう中屋敷には、たくさんの武士が在住している。

例えば土佐《とさ》藩などは、上屋敷に千八百人ほど、中屋敷にも千六百人前後、つまり合わせて三千四、五百人の武士が勤めていることになる。加賀《かが》藩ならば上屋敷中屋敷合わせて四千五百人ほどがいるらしい。

弦一郎がいた安芸津藩でも、上屋敷中屋敷合わせて六百人はいた。

それが、小栗藩は三十数人というのだから、弦一郎は驚いた。

「せめて、せめて三百諸侯に笑われない水練をしなければ、私も国に大きな顔をして帰れません」

見れば若い武士の顔は、まだ二十歳前後かと思える。その若い武士が、どこの馬の骨ともわからぬ弦一郎に必死に訴えるのだ。

安芸津藩五万石も常に苦しかったが、それが一万石というのだから、推《お》して知るべし、苦境は察せられる。

「お立ちなされ」

弦一郎は腰を落として若い武士の顔を正面から見た。

何処《どこ》の藩邸の武士であれ、このように必死な顔で、恥も外聞もなく、水練ひとつに熱心に訴えるのを見たことがあるだろうか。

そう思った途端、弦一郎の胸は、ぐらりと揺らいだのだ。

「もう一度古屋さまに話を聞こう。そなたは部屋に引き返して伝えてくれぬか」

「はい!」

若党は、顔色を一転させて元気に立ち上がった。

土用《どよう》を目の前にした諏訪町《すわちよう》の河岸《かし》には、次々と水練のための小屋が建ち始めていた。

十日ほどの作業で、幕府の御徒士二十組の小屋として十二棟が建つらしい。むろん、今年の水練競技に参加する大名家の小屋も、これから次々に建つ予定だから、全《すべ》ての小屋が仕上がればさぞや壮観な眺めになるに違いない。

御府内の人々にもこのように、武士の鍛錬を大がかりな形で見せるのは、武士の剛健《ごうけん》ぶりを喧伝《けんでん》するいい機会になっているのかもしれない。

とりわけ御徒士は将軍警護に当たる重要な侍たちだ。他の武術はむろんだが、水練が出来なければ御徒士ではないと言われているほどだ。

つまり水練こそ御徒士にとっては必須の武芸、非番の日には必ずここに足を運んで稽古するようにと、これは吉宗《よしむね》公の遺言《ゆいごん》だと言われている。

だから御徒士組は大変な力の入れようで、小屋に使う建材も実に立派なものが河岸に山と積まれている。さぞかし頑丈《がんじょう》な小屋が出来るらしいというのは想像がつく。

そしてその材木の周りでは、鋸《のこぎり》を使う人、屋根を葺《ふ》く人様々入り乱れて忙《いそが》しく立ち働いている。

さながら祭りを迎える前の高ぶりに似て、見物している者まで、期待に胸を膨らませているように見える。

弦一郎はこの日、留守居の古屋半左衛門と、あの熱心に弦一郎に語りかけた若い武士、笹原源吾《ささはらげんご》と三人で下見に来ていた。

笹原源吾は、これから古屋留守居と弦一郎との連絡役世話役掛かりとなる。

小さな藩で江戸家老はおらず、古屋半左衛門は家老の役目から留守居の役目、時には殿様の側用人《そばようにん》の役目もこなさなければならないから忙しいのだ。

だからあらかた水練取り組みの道筋が決まれば、源吾が弦一郎の補佐をすることに決まったのだ。

「どうだ源吾、なんとかなりそうかの」

古屋留守居は、普請《ふしん》の様子を眺めていた目を、背後に立つ源吾にちらと遣って訊《き》いた。

「はい、お屋敷の武具蔵の前に、先年御殿《ごてん》を修理した時の廃材が捨てずに積んであります。小屋ならあれで十分ですろう」

「ふむ」

古屋留守居は、大工の若い衆が、かんなを掛けた白い肌を見せている立派な杉柱を、てんでにかかえて建て始めた様子を眺めながら頷いた。

その横顔に源吾は続ける。

「屋根も、お長屋に使っていた杉板を使います。まだ朽《く》ちてはおらんけん、大事ありません。小屋を使うのはせいぜい三月《みつき》あまりですろう。当座の雨風さえしのげればええんや思いますけど……」

「大工はいたかな……」

「はい。小者に仙蔵《せんぞう》という者がおります。国元で牛小屋を建てたと皆に自慢しておりましたから、なんとかなるでしょう」

「よし、材料を揃《そろ》えたら掛かってくれ」

「はい」

「くれぐれも言っておくが、人手は藩の者でまかなえ。一文《もん》たりとも、外の人の手を借りて銭を使うでない」

「ご安心下さい。心得ております」

源吾はそう言うと、二人から離れて上屋敷に帰って行った。

弦一郎は二人の会話を聞いていて、これで果たして、自分の仕事料が捻出《ねんしゅつ》できるのだろうかと不安になった。

幕府の御徒士組の小屋は、一見して立派な材木を使っているというのに、こちらはどうやら廃材ばかりを集めて、それで建てるらしいのだ。

とはいえ引き受けたものは後には引けない。やるしかないのだと、弦一郎はまた腹をくり直すのだった。

「弦一郎どの」

古屋留守居は、弦一郎を促すと、河岸を背にして歩きながら話した。

「驚かれたか」

並んで歩く弦一郎の顔をちらと見た。

「いえ……」

曖昧《あいまい》に返事をするほかない弦一郎である。

「そなたは、大身お旗本の屋敷に勤めたこともあるそうだが、九千石のお旗本より、わが藩のほうが台所ははるかに苦しい。なにしろお旗本には参勤交代《さんきんこうたい》というものがない。領地に御館《おやかた》を置くことも、家来衆《けらいしゅう》を置くこともない。上屋敷だ下屋敷だなどという物入りもない。かたやわが藩は藩収入の半分以上が、参勤交代とこの江戸暮らしに費やされている。それがどれほど藩の財政を逼迫《ひっぱく》させていることか……気を緩《ゆる》めれば一気に藩は立ちゆかなくなるのだ」

「……」

弦一郎は黙って頷いた。

古屋留守居の話は、かつて五万石ほどの藩に仕え、そののち旗本の用人として働いたこともある弦一郎には理解出来た。

「いい天気だな、少し座るか……」

古屋留守居は、河岸地に転がっている大きな杉の丸太を指した。

杉の丸太は草原《くさはら》の中にあり、そこに腰を据えれば大川の景色が一望出来る。

川縁《かわべり》では白髪《しらが》頭の隠居が一人、小者を従えて釣りをしていた。

川は日の光を優しく跳ね返し、ゆったりと流れている。

手前の岸にはカンゾウの花が、二つ、三つ、風に揺れていた。

古屋留守居の横に弦一郎が腰を下ろすと、古屋留守居は、懐《ふところ》からなにやらごそごそと出した。

掌《てのひら》ほどの大きさの厚い紙袋である。それを掌の上で逆さにして、黒い親指ほどの塊《かたまり》を二つ落とした。

「疲れた時にはいい。ひとつ食べてみないか」

弦一郎にすすめた。

「これは……黒砂糖《くろざとう》ですか」

珍しい物を久しぶりに目にしたと弦一郎は思った。口に入れると濃厚な甘さが口の中に広がった。しかも香《こう》ばしい。

「これは美味《おい》しい」

「国元で作っておる。まだ試作品だが、うまくいけば藩庫を潤《うるお》してくれるのではないかと期待しておる」

古屋留守居も旨《うま》そうに口の中で転がすと、

「わが藩は、武士も百姓も商人もない。皆一丸となって藩を支えている。時には武士が百姓の田畑を手伝うこともあるし、百姓たちも参勤交代の時などは、頭数を揃えるために辛《つら》い使役《しえき》を担《にな》ってくれている。なにしろ、領民の数はたかだか一万人前後、村の数は十五カ村、町と名のつく場所は一カ所、国は細長く海に向かって延びているが、両隣を親藩高田《しんぱんたかだ》藩と幕府の直轄《ちょっかつ》領に挟まれて、小さな国の外様《とざま》大名小栗藩は、息をするのも遠慮して今日まできている」

むろん領地に城はなく、御館と呼ばれる平屋《ひらや》建ての屋敷が建っている。藩主が国で暮らすのは、この御館だ。

藩士は江戸詰も含めて七十人、小者中間を入れて百人余……とはいえ才能が認められれば藩士とりたてもあるのだという。

「笹原源吾も百姓の出《で》でな」

古屋留守居は言って微笑んだ。

「さようですか。私はあれほど藩のために熱く語れる若い武士を初めて見たような気がします」

「あの男は勉学好きで、藩から京に留学させてもらって武士となった男だ。金はないが優秀な者には身分を越えて道を与える。人材は藩の宝というのが藩祖の教えだ」

古屋留守居は言った。少し頬《ほお》がゆるんでいる。ずっと古屋留守居の険《けわ》しい顔を見てきた弦一郎は、人材は藩の宝だ、というその言葉に心を動かされた。

「釣れたな」

古屋留守居が口走った。

視線の先で釣りをしていた老人が、大慌てで供の者と釣った魚を手元に引き寄せていた。

「さて、帰るか」

古屋留守居が立ち上がった時、

「お久しぶりでございます」

麗《うるわ》しい若い女の声がした。

振り返ると、胸に風呂敷包みを抱えた二十二、三の町の女が、にこにこして河岸道に立っていた。

丸顔で、鼻のつんと上がった愛らしさの残る娘だった。目も涼やかで口元も引き締まっている。

「こんなところで会うとは珍しいな、息災《そくさい》だったか」

古屋留守居は目を細めて言い、美知《みち》という者で手習い師匠だと紹介してくれた。

そして弦一郎を、藩の水練指導をしてくれる人だと美知に告げた。

「美味しいお茶が手に入りました。一度お立ち寄り下さいませ」

美知は古屋留守居にそう告げると、くるりと背を向けて去って行った。

古屋留守居は、美知の背を愛《いと》おしそうに見送っている。

「……」

弦一郎は、古屋留守居の横顔を盗み見して思った。

――まさか外に囲っている女という訳ではあるまい……。

美知には、人を惹《ひ》きつける何かがあった。町娘の格好をしているが、美知が体に纏っているものは、武士の娘の凛《りん》としたものだった。

そんな娘と親しげに話す古屋留守居には、人知れず紡《つむ》いできたこの江戸での秘話があるのかもしれない。

弦一郎は、俄《にわか》に古屋留守居への興味が湧いていた。

三

十日ほど後のこと、弦一郎がおゆきと諏訪町の河岸に出向くと、御徒士組の小屋十二棟、大名の小屋が十棟、ずらりと並んで日の光を浴びていた。

どの小屋にも川に面した側には、長い丸太を横にして両脇の柱に取り付けてある。

丸太はただの桟《さん》ではない。

ここに太い縄をくくりつけ、一方の先を初心者の褌《ふんどし》の後ろにしばれば、溺れることなく泳ぎの練習が出来るという寸法なのだ。

川には幾《いく》つもの杭《くい》が打ち込まれて、これにもいざという時にはつかまることが出来るようになっている。また、長さが二尺余もあるたくさんの板も用意されていて、この板が浮きの道具として使われるようだった。

既に、あちらの小屋、こちらの小屋には褌一つになって泳ぎの支度をしている者が見え、また川の中にも、杭を打った近くで泳いでいる数人の姿も見えた。

小栗藩の小屋はというと、まさに今日出来上がったばかりだった。

一見したところ、柱も屋根もまるで継ぎはぎで、横手に建つ御徒士組の小屋と見比べると、こちらはまるで、田舎道に建つ粗末な農具小屋のようだ。

しかし、小屋を作り上げた仙蔵はじめ小栗藩の小者や中間たちは、夏の日を浴びて息を吹き返したように見える廃材の変わりように胸を張った。

「いかがでしょうか、片桐さま。少しも見劣《みおと》りは致しませんよ」

源吾が、御徒士組の小屋から自分たちの小屋に眼を転じて得意げに言った。

「ふむ」

弦一郎も深く頷いた。実際、よくやったものだと思う。一心不乱《いっしんふらん》に取り組む源吾たちを見てきているだけに、感慨もひとしおだった。

だが、一緒に見物に来たおゆきは、微笑んで眺めていたが、

「おっしゃって下されば、もう少しましなものが提供出来たのにって、父が申しておりましたよ」

残念そうに言った。

おゆきの父親利兵衛は、材木問屋の武蔵屋である。

おゆきから弦一郎の話を聞いて、どうやらこの河岸地に小屋を見に来たらしい。

新築改築は常のことで、そのための新しい材木や建具とは別に、まだ使える古材や建具も常備してある。

言ってくれればそれを無償で提供出来たのにと、利兵衛はおゆきに言ったらしい。

「ありがたいことだが、これでいいのだ」

弦一郎は言い、微笑んだ。

身の丈《たけ》にあった物で勝負する。それが御徒士組や他藩の者たちよりも、使命に燃えることになるのではないか。

それはきっとよい結果を生むに違いない。弦一郎はだんだんそういう思いになっていた。

「片桐さま。皆が参りました」

源吾が示した河岸通りに、小栗藩の一行の姿が見えた。

「ではわたくしはこれで……」

おゆきは、何か力のつくものでも差し入れしますね、などと言い残して帰って行った。

「片桐さま。水練挑戦者の者十名、参りました」

四十近い年長の武士が言い、皆を弦一郎の前に横二列に並ばせた。

「熊谷与左衛門《くまがいよざえもん》、納戸役《なんどやく》です。四十二歳」

そしてその武士は真っ先に名乗った。

「うむ」

すると、次々に名乗っていく。

「徒目付《かちめつけ》の佐藤五郎です。三十八歳」

「私は徒の仲居五郎」

「同じく徒の山田義之助」

勘定の田中悦之助、中間の善助、同じく中間の留次郎、小者の武助、同じく小者の忠助、下男の粂蔵。

皆やる気まんまんの顔で名乗った。すると、

「熊谷どの、佐藤どの、善助、留次郎は、少しは泳ぎの心得があるようです。後の者は、古屋さまの話を聞き志願した者で、泳げるといえるほどのものかどうか……」

源吾が言った。

「ふむ……」

弦一郎は並んだ面々の体格を眺めた。しかしどう見ても、泳ぎに必要な、柔軟な筋肉の持ち主とは思えない。

試しに弦一郎は訊《き》いてみた。

「ここ数年、泳いだり潜ったりしたことのある者は？」

だが、誰も身動きひとつしなかった。

「ふむ。では、こちらから向こう岸まで、どのような泳ぎ方でもいい、泳げる者は？」

やはり互いに顔を見合わすだけで、誰も手を挙げない。

大きくため息をついた弦一郎に、慌《あわ》てて源吾が弁明した。

「片桐さま、国にはこれほどの大きな川はございません。海に面している場所もあるにはあるのですが、泳ぎの練習が出来るようなところではございません。武士も人数が少なく、お勤めに出るのが精一杯で、まして百姓は泳ぐ暇などなく、畑にかかりっきりです。今日ここにいる皆も水遊びくらいは出来る、その程度で、競技に参加出来るほどの腕の者はおりません」

「さようか……」

こんなこともあろうかと思っていた弦一郎だ。ため息を押し込めて声を振り絞った。

「競技に出るからには勝たねばならぬ。そのために一番大切なことは何か、これを必ず守ってもらいたい。一つ、徒目付から小者まで身分は様々のようだが、水練をするについては、その身分無きものとする」

弦一郎は皆の顔を見渡した。武家社会は歴然とした身分の差があって成り立っている。どんな反応をするか案じられたが、皆は真剣な顔で頷いた。

「片桐さま、この私もですが、ここに参った皆は、……」

「ふむ」

「そして、こうも古屋さまは申されました。片桐さまを師と仰ぎ、教えには絶対服従のこと。片桐さまのおっしゃることは、この古屋の言葉と心得よと……」

「うむ……」

流石《さすが》に留守居役だと頷いて、訓示《くんじ》を続けた。

「二つ……出来ない、という言葉はけっして口に出さない……」

言いながら皆の顔を見渡すと、動揺が走るのが見えた。

「三つ……これから毎日昼を挟んで相当時間練習をするが、その日の目標はその日に達成する。出来なければ出来るまでやる」

「……」

皆の顔は段々と強《こわ》ばってきた。

「その三つを守って、全員、自分が競技に出るつもりで頑張って貫いたい。泣き言は聞かぬぞ。これは遊びではないからな。そなたたちは、これから戦場に赴《おもむ》くのだ。身を賭《と》して領民のために頑張るのだ。敵は二十九組もあり、その者たちは皆選《え》りすぐりの者たちだ。だからこの戦いに勝てる者は、厳しい鍛錬に耐え抜いた者たちだ。俺は、勝利は、きっと皆の手で摑めるはずだと思っている。よろしいか」

「はい！」

元気だけはよかったが、これは思った以上に大変な試練の場に立たされるようだ。そんな怯《おび》えが皆の顔に垣間《かいま》見《み》えた。

「よし、では早速今日から始める。小屋で衣服を脱げ。褌はこちらで用意してあるので、それをつけよ。九尺褌だ。これを締め込みのように、しっかりと巻く。締め方がわからぬ者は源吾に訊け。よいな」

「はい」

まもなく、褌をつけた皆が小屋の横手で屈伸運動を始めた。

ところがこの有様《ありさま》たるや、まるでヒキガエルが両手を上げて伸びたり縮んだりしているようで、腰に力が入ってない。

舌打ちをしたい気分だが、弦一郎は堪《こら》えた。

自身もおゆきが考案した、股引《ももひき》のような下穿《したば》きに、単衣の小袖胴着《こそでどうぎ》を着、手には差配棒《さはいぼう》を持って立っているのだ。着慣れない着衣でぎこちないが、いざという時には、この格好で水に飛び込まなければならない。

咳払《せきばら》いをしてから声を張り上げた。

「泳ぎに自信のない者は、源吾に言って、腰に縄をつけてもらえ。それでもまだ不安なら浮き板を使えばよい」

まもなく、弦一郎が手を打って合図を送ると、皆おずおずと水の中に足を踏み入れ始めた。

泳ぎの心得があると紹介された熊谷与左衛門など四人は、すぐに立ち泳ぎを始めたが、後の者は顔を強ばらせて立ちすくんだまま、水の深さを確かめている。

弦一郎は早速、震えている六人の腰に縄をつけ、浮き板を抱えさせた。しかしそれでも、満足に足で水を打つことも出来ない。目を覆《おお》うばかりの有様だ。

弦一郎は、ふと思いついた。

丸太の桟に新たに縄を一巻きして、その両端を水際まで伸ばした。

そして腰に縄をつけた六人を呼び寄せた。

「ここに横に並べ。見ての通り、一本の縄の両端が垂《た》れているな。その両端を右手と左手に持ち、しっかり握って、顔を水につけて、足の甲で水を打つのだ。バタバタとな、思い切り打ってみろ。さすれば、体は浮く……これを太鼓《たいこ》の音に合わせてやるぞ」

弦一郎は後ろに控えている源吾に、かねてより小屋の中に運ばせておいた太鼓を差し示した。

六人は、両手に一本ずつ縄をしっかり握って、弦一郎の顔を見た。

弦一郎は、さっと手にした差配棒を振った。

源吾が、ドンッと太鼓を鳴らした。

六人は一斉に顔を水につけた。同時に両足を忙しくバタバタさせ始めた。どの体も浮いてきた。

「ようし、その勢いだ!」

弦一郎が叫ぶと、源吾がドンと打つ。

皆は一斉に顔を上げた。

「ヒィーク、ヒック……」

小者の忠助が、顔を真っ赤にして苦しそうだ。水を大量に飲んだらしい。

小屋の周りから大きな笑い声が起きた。

振り向くと、褌姿の御徒士組や他藩の者ばかりではなく、通りすがりの町人たちまでが面白そうに笑っている。

無様《ぶざま》な格好が余程面白いらしい。

徒の仲居五郎が、恐ろしい目で見物人を睨《にら》んだ。

「気にするな。笑いたい者には笑わせておけ」

弦一郎は叱咤《しった》する。

ドン!……ドン!

源吾の太鼓は、笑いをはね飛ばして打ち続けられる。

顔を水につけて足をバタバタ、顔を上げて足をバタバタ……。まるで泳ぎなれていない幼鳥が、初めて見付けた獲物の魚を獲《と》ろうとしてあがいているようだ。

「息のつぎかたをつかめ。足で水を打て。今日は泳げるようになるまで帰さんぞ！」

六人の頭上へ、弦一郎は太鼓に合わせて声を張り上げた。

「一、二……一、二……」

号令を掛ける弦一郎の耳には、

「そうだ、がんばれ！」

背後の声が、だんだん激励《げきれい》の声に変わっていくのをとらえている。

一歩一歩だ……。そう自分の胸に言い聞かせながらも、弦一郎は正直初日から不安にとりつかれていた。

「すいませんね。お一人にしちまって……事件だって、飛んで出て行っちまったまで……でも、もうそろそろ帰ってくると思いますから……」

お歌は、相変わらず愛想《あいそ》のよい顔で、酒と肴《さかな》を運んで来ると、弦一郎の前に並べた。

神田佐久間町にあるこの店が、鬼政の母親がやっている店である。

弦一郎が久しぶりに顔を出すと、お歌は直《す》ぐに、二階の座敷に通してくれたのだ。

おゆきの父の店、武蔵屋で起きた事件がきっかけで、鬼政とお歌とは、今では旧知の間柄で、ちょくちょく弦一郎は店に顔を出している。

思うように進まない水練指導でくたくたになり、日ごとに蓄積される疲労も、この店を訪ねると抜けていく。心身ともに軽くなった気がするのだ。

「忙しそうでなによりじゃないか」

弦一郎は、お歌の酌《しゃく》を受けて言った。

「この店を手伝ってくれれば助かるのに、好きで岡っ引なんてやり始めて、大変だ大変だなんて飛び回って、なにが大変なもんですか。大変なのは弦一郎さまですよ。少しは皆さん泳げるようになりましたか……」

「なんとかな」

弦一郎は苦笑した。

「政五郎が言ってましたよ。ちょいと覗いてみたんだが、みんな腰に縄をつけて、へっぴり腰で……あれじゃあ先が思いやられるって……」

「やるしかないからな」

「弦一郎さま、ひとつお聞きしたいことがあったんですが、弦一郎さまの泳法は何流っていうんでしょうか」

「泳法……」

「ええ、泳ぎの流派ですよ。いろいろあるらしいじゃありませんか。小堀流《こぼりりゅう》とか山内流《やまうち》とか、神統流《しんとう》に新伝流《しんでん》、それに岩倉流《いわくら》……」

「よく知ってるな」

弦一郎は感心した。

「心配だから人に教えてもらったんですよ。で、弦一郎さまは？」

「はっは。俺の流派は無手勝流《むてかつ》だ」

「まあ、無手勝流ですって……」

「そうだ。国の川で覚えたものだ」

「あは、ははは……」

お歌は口を開けて笑った。

旦那らしいねと、ひとしきり笑った後、

「そういうことなら、あたしにいい案があるんですけどね。絶対勝てるって方法ですよ」

お歌は、真剣な顔で弦一郎を見た。

「まことか。教えてくれ、そんな手があるのか」

「泳ぎの達者な人を傭《やと》えばいいんですよ」

「なんだって……」

「だって、このお江戸には、泳ぎの達者はたくさんいますよ。こうなったら窮余《きゆうよ》の一策《いつさく》です。声を掛けて、少しお金をはずめば喜んで泳いでくれますよ。だって、滅多《めった》にお目にかかれない上様の前で泳げるんですからね、こんな名誉なことはない。将来ですよ、上様の前で泳いだことがある、なんて胸を張れますからね」

「面白い話だがそれは駄目だな」

「どうして？」

「前もって指南役から出場者まで名簿を提出してあるのだ。藩の人間でなければならぬのだ。それに、そんな人を傭う金など小栗藩にはない」

自分の仕事料だって貰えるかどうかわからないと考えている弦一郎だ。

話を持って来た口入屋の金之助は、確か上覧《じようらん》試合が終わったあとで五両渡してもらえるなどと言っていたが、財布の紐《ひも》の固い古屋留守居のみみっちさを目の当《まあ》たりにしてきているだけに、危うい話だと思っている。

この店に来て酒も飲み、無駄口を叩《たた》き、日々炊《た》く米に心配のないのも、みんな札差の紀伊国屋から貰った、あの五両のお陰だ。

「弦一郎さま……」

つらつら考えている弦一郎を見て、お歌は苦笑した。

しかしその顔には、融通《ゆうずう》が利《き》かぬ人だ、少々呆れたという感情が交じっている。

お歌は、大きくため息をついてから、まじまじと弦一郎の顔を見ると、

「そうおっしゃると思っていました」

たくましい腰を上げ、階下に降りて行ったが、お歌の言う通りだ、泳ぎの達者に頼めればどんなに楽かと思う弦一郎である。

弦一郎は、手酌で盃《さかずき》に酒を満たすと、ぐいと一気に飲み干した。

その脳裏に、諏訪町の水練小屋の今日の有様が甦《よみがえ》ってくる。信じたくないような、気が重くなる光景だった。

四

それは、水練を開始して、かれこれひと月になる今日のことだ。

弦一郎が小屋に出かけて行くと、熊谷与左衛門と佐藤五郎、善助、武助と四人の姿はあったが、他の六人の姿が見えない。

「どうしたのだ。他の者はどうした」

厳しく訊くと、熊谷が、

「風邪です。皆寝込んでしまいました」

と言うのである。

だが弦一郎は、そう告げた熊谷の視線が定まらないのを瞬時に見てとっていた。

「昨日は三人が休んだ。そして今日はその倍だ。皆音《ね》を上げたというのか」

「いえ、風邪です」

熊谷は言い張る。

「古屋さまは承知か」

じろりと熊谷を見た。

熊谷の目が激しく動揺している。

「源吾はどうした……」

「皆につきそっています」

「俺に何の連絡もよこさずにか……嘘《うそ》を言うんじゃない！」

弦一郎の一喝《いっかつ》に熊谷が下を向いた。

「腰抜けめ。こんなことで勝てると思うのか」

吐き捨てるように言った弦一郎の前に、なんと小者の武助が膝《ひざ》を折って手をついた。

「お腹立ちはごもっともです。ですが、片桐さま。本日一日だけは皆をお許し下さいやし。皆はただ、怠《なま》け心で休んだのではございやせん。足が痛い、腰が痛いと、本当に動けないのです」

武助が言い終わると、他の者たちも膝を折って頭を垂れた。

弦一郎は差配棒を握りしめたが、歯がゆい思いが先に立つ。

何も皆の体の疲労度を一顧《いっこ》だにしなかったわけではない。

五日に一度、順番に泳ぐのは休ませて見学させている。

水練は昼の四ツから七ツまで、確かに時間にすれば相当な長さだが、それだって昼の休憩があり、八ツの休みもある。

しかもおゆきが、毎日握り飯と香の物を運んで来てくれるし、時には疲労回復にいいなどと言い、武蔵屋の女中に、しるこを運ばせてやって来ることもある。

そのしるこを、奪い合うようにして食べ、しるこなどというものは久しぶりだと言っていたではないか。また、武助たち百姓は、白い米の飯も香の物も、このたびほどふんだんに食べたことはないと感激していたではないか。

それほど気を配ってきたのに、この体《てい》たらくか……。

「やっと泳げるようになった。これから、誰がどの競技に出るか振り分けて、集中して訓練しなければならぬ時に」

弦一郎は、怒りにまかせて言った。

口には出さなかったが、年長者でもあり、武士である熊谷が、そんな連中を説き伏せることも出来なかったのかと愛想が尽き、やがてはこんな根性のない者たちの訓練を引き受けた自分自身の浅はかさに腹が立ってくる。俄に後悔が押し寄せてきた。

弦一郎は疲れていた。

皆を順番に休ませても、自分は一日も休んではいなかった。

「わかった。今日は中止だ」

投げやりな口調で告げた。

「片桐さま……」

皆は口々に声を上げた。

弦一郎の怒りと落胆を恐れているようだった。

もう指南は止めると言い出すのではないか……そんな不安が皆の顔には表れていた。

「案ずるな。つい怒りが先に出てしまったが、いい機会だ。俺も今日は休む。お前たちも帰れ。だが明日からまた始めるぞ。皆にそう伝えてくれ」

四人は黙って、こっくりと頷いた。


――俺も焼きが回ったか……。

弦一郎は、ぐいと飲み干した盃を膳の上に置いた。

強がりを言ったが、明日皆が出て来る保証はない。

――出てこなかったら……。

指南はもう放棄するかと、自問自答を繰り返す。

ただでさえ勝てる筈もない連中だ。それが、一日休めば、それだけ気持ちも萎《な》えるし、覚えた泳ぎも忘れることになる。

目の前の現実は、あまりにも道のりが遠すぎる。かといって、古屋留守居の悲しむ顔を黙視《もくし》する勇気もない。

どだい自分には、藩の命運に関わるようなこの仕事は無理だったのだと思い始めたその時、階段を飛んで上がってくる足音がして、

「弦一郎さま、お久しぶりです」

手に徳利を持って鬼政が入って来た。

「おう、帰って来たのか」

弦一郎も難しい顔を解いて迎える。

「ついそこの柳橋《やなぎばし》で、ひと悶着《もんちゃく》ありやしてね」

「ほう」

弦一郎は、鬼政の盃に注《つ》いでやる。

「弦一郎さまは、柳橋にある『松葉屋《まつばや》』っていう小料理屋をご存じですか」

「入ったことはないが、あるのは知っている」

「そこの酌婦におたきっていう女がいるのですが、そのおたきがお侍に無礼を働いたっていうんで大騒ぎになっていると聞きやしてね。それであっしは走って行ってきたんですよ」

「それはまた物騒《ぶっそう》な話だな」

「へい」

鬼政は、弦一郎の盃に注ぎ、自分の盃にも注ぎ、

「まったくもってひどい話でしてね。いや、弦一郎さまの前ですが、ああいう人が武士だ、御直参《ごじきさん》だと弱い者を虐《いじ》めるなんて許せねえんですよ」

「御直参だと……」

「へい。御徒士組の侍です」

「何、御徒士だと……」

「いまあそこで水練しておりますでしょ。お侍は、御徒士組の指揮をとってるお人でしたよ」

「まことかそれは」

「あっしのこの目は確かですよ、旦那。弦一郎さまがたの訓練を見物に行った時に見ております。そうだ、そのお侍がいた小屋は、確か北から数えて三つ目の小屋でした」

「名前は？」

「塩尻《しおじり》とか言ってやしたね。まったく腹の虫がおさまらねえや……弦一郎さま、聞いて頂けやすか」

鬼政はまだ消えぬ憤懣《ふんまん》をぶつけるように話し出した。

今から一刻半《とき》ほども前のことだ。

鬼政の縄張り内になっている柳橋の松葉屋の若い衆が血相《けつそう》を変えて鬼政を呼びに来た。

おたきが侍に殺されるかもしれないというのである。

鬼政はすぐに若い衆と松葉屋に走った。

おたきは、鬼政が先年手がけた事件で殺された男の女房だった。

夫亡き後、頼るところもないというので、鬼政が松葉屋に話をつけてやって働いている女だ。

そのおたきは、はきはきした女で、結構言いたいことを言うが働きもので、松葉屋に通いで入って二年になるが、今では仲居頭《なかいがしら》になっている。

そのおたきが、近頃頻繁に店に通って来る塩尻という侍に、

「お代金が溜《た》まっております。お支払いをお願いします。お支払い頂かないことには、これ以上お店にお上げすることは出来ません」

きっぱりと断ったのだ。

「愚弄《ぐろう》するのか。俺は直参だぞ」

塩尻は侮辱されたと烈火のごとく怒りだしたというのである。

鬼政が駆けつけた時には、おたきは侍の前に座らされていた。

今にも刀を抜いて斬《き》りつけそうな侍に、

「旦那、こんな町の女を斬ったんじゃあ、腰の物が汚《けが》れやす。いかがでしょうか。今日のところは、お許し頂けませんでしょうか」

手を擦《す》り合わせて鬼政がとりなしたのだ。

それを待っていたかのように、松葉屋の女将《おかみ》も前に出て来て、

「本日はお代は頂戴致しません。お詫びのしるしです」

手をついて謝って、侍を座敷に上げて、騒ぎはようやくおさまったのだ。

鬼政は台所におたきを呼び、こんこんと言い聞かせた。

ところがそこで、塩尻という侍が、再三のつけも無視して松葉屋に船を出させ、吉原《よしわら》に繰り出すという暴挙《ぼうきょ》を平然と繰り返す男だという話をおたきから聞いたのだ。

「しかもおたきの話じゃあ、支払いを溜めてるのは松葉屋ばかりじゃない。二軒隣の船宿も十両近くの未払いがあるとかで、まあ、常習犯というやつですか」

「最初から因縁《いんねん》をつけるつもりだったんだな。普通なら、飲み食い代を溜めている店に、大きな顔をして行けるはずがない」

「まったくです。こんなことがまかり通っていいんだろうかと……あっしは、悔《くや》し

くって悔しくって……」

鬼政は、ぐいぐい飲んだ。

「おいおい、深酔いするな」

「まったく、これだからね。捕り物がうまくいったと言っちゃあ飲み、思うようにならないと言っちゃあ飲み、飲む口実には事欠きませんよ」

お歌が盆にお重を載せて入ってきた。

「弦一郎さま、うちでも鰻重《うなじゅう》を始めたんですよ。召《め》し上《あ》がって下さいませ」

香ばしい香りのする鰻重を置いた。

「これは旨そうだな。精《せい》がつきそうだ」

「どうぞ、お気に召しましたらいつでも、弦一郎さま用にとっておきますからね」

お歌はにこにこして立ち上がったが、

「あっ、そうだ」

座り直して、

「弦一郎さまは、おゆきお嬢さんに縁談があるのをご存じですか」

思い出したように真面目《まじめ》な顔で訊いてきた。

「いや。おゆきどのは毎日のように、小屋におにぎりを運んできてくれているが、そんな話は聞いてないな」

「そうですか……いえね、私はお嬢さんは弦一郎さまにほの字じゃないかと思っているんですがね。そうそう、武蔵屋の旦那さまだって、ちらっとそんなことを言っていましたからね。おゆきには想う人がいて、いろいろ縁談はあるんだが、聞く耳を持たないと……」

「……」

弦一郎は、答える言葉がなかった。

おゆきが、自分に好感を持ってくれているのは知っているし、自分の胸にも、おゆきを憎からず想う気持ちはあるのだ。

だが、弦一郎の胸の底には、自害した妻の面影がいまだ尾をひいている。幸せにしてやれないまま亡くした悔いがとげのように胸に刺さったままだ。

また、おゆきは町人とはいえ大店の娘である。この江戸では財力も権力も地位もある人の娘である。

自分は武士とはいっても素浪人だ。どうみても、自分がおゆきにふさわしい人間だとは思えない。

「お似合いなのにね」

お歌は、独《ひと》りごちて出て行った。

「つたく……おふくろは余計なことを……あっしにもうるさくていけねえ。目の黒いうちに孫を抱かせてくれなんて……誰が前の女房を追い出したんだって言いたいよ」

苦笑してお歌を見送った弦一郎に鬼政は言った。

五

「片桐さま」

弦一郎は、ふいに後ろから声を掛けられた。

神田松永町の裏店の木戸を入ろうとしたところだった。

振り返ると、源吾が立っていた。

「どうしたのだ。こんな時刻に……」

お歌の店を出てまもなく四ツの鐘《かね》を聞いている。

「お話ししておきたいことがございまして、それで伺いました」

神妙な声である。

「話してくれ。正直にな」

弦一郎は、源吾を家に上げると、行灯《あんどん》に灯《ひ》をともして座った。

源吾は言った。

「夕刻に古屋さまから声が掛かりまして、皆古屋さまのお長屋に集まりました……」

「ふむ」

弦一郎は、腕を組んで目をつむった。

「私もそうですが、皆古屋さまに叱《しか》られると思っていました。特に昨日と本日、小屋に出向かなかった六人は、戦々恐々として、古屋さまの顔をまともに見られないほどでした……」

源吾は言い、話を継いだ。それによると、
古屋留守居は、皆を見渡すと、こう言ったという。

「皆、見違えるほどたくましい顔になったな」

皆は頭を垂れた。古屋留守居の期待に応《こた》えられない苦しい気持ちが、皆の心を覆っていた。

古屋留守居は皆の顔を一人一人見ながら話した。

「昨日と今日、水練を休んだ者のいることを源吾から聞いたが、何故《なにゆえ》だ……片桐どのの指南が厳しくて耐えられんというのか……叱りはしない。一人一人、話を聞きたい」

皆は、しんとした。

誰から話すかと垂れた頭を左右に振って、相手の顔を窺《うかが》っていたが、まもなく、年長の熊谷与左衛門が口火を切った。

「古屋さまのお気持ちは皆わかっています。しかし、半ばまできて思いますのは、これでは到底勝てそうにもない……その時のことを考えると恐ろしいのです」

すると今度は勘定の田中悦之助が言った。

「いまさらですが、下りることはできないのですか。恥をかくだけです！」

「私たちには荷が重すぎます」

「参加するだけでよい。上位を狙《ねら》わなくてもよいとおっしゃるのなら話は別です」

「古屋さま！」

皆口々に言って古屋に迫った。

だがこの時、源吾は歯を食いしばり、膝頭を摑んで一点を睨んでいる小者の武助に気付いていた。明らかに他の者とは違う思いを持っているように見えた。

「わかった」

古屋留守居は両手で両膝を打った。

「するとそなたたちは、ぶざまに手を引いて、殿が笑われてもいいというのだな。殿が笑われ者になるということは、領民皆が笑われるということだ。全力を尽くして討ち死にするというのなら、あっぱれなことだが、今そなたたちが言っていることとは、敵前逃亡をしたいと、そういうことではないか」

古屋留守居は皆を見渡した。誰一人俯《うつむ》いたまま、目を合わせる者はいなかった。

「今日はひとつ、皆に聞いてほしい話があって来てもらったのだ。何故小栗藩が一万石なのか……誰かに聞いて知っている者もいるだろうが、遠い昔のことだ、正確に知らない者もいるだろう……よい機会だ。話しておく」

古屋留守居はそう言うと、大きく息をついてから、小栗藩の成り立ちを静かに語った。

関ヶ原の戦いで徳川《とくがわ》方について闘った成瀬《なるせ》忠知《ただとも》が二十四万石の大名として、この地に転封《てんぽう》されたのは、今から二百年余も前のことだ。

ところが成瀬家は、お家騒動が起こり、寛永《かんえい》十一年に忠知が没すると、継嗣《けいし》がなかったこともあって断絶した。

その領地の一部分に転封されたのが、今の小栗藩の先祖である栗原綱清《くりはらつなきよ》十万石だった。

栗原藩は、もともとは豊臣《とよとみ》の家臣だったが、関ヶ原では東軍についたことで生き残りはしたものの外様大名だった。

ところが、綱清は転封してまもなく急な病《やまい》で亡くなってしまったのだ。幕府はこれを聞いて、十万石の領地を更に四分割した。

嫡子《ちゃくし》の雅清《まさきよ》が四万石、次男の豊清《とよきよ》が三万石、三男の久清《ひさきよ》が二万石、そして末子の宗清《むねきよ》が一万石、それぞれ新しい家を興《おこ》した。

雅清は栗原藩を、豊清は佐久《さく》藩、久清は野原《のはら》藩、そして末子の宗清は小栗藩となった。兄弟四人が領地を分割して統治することになったのだ。

ところが悲劇はこれだけではなかった。

隣同士となった佐久藩と野原藩の国境《くにざかい》で、領地を巡《めぐ》って争いが起き、これを知った幕府は、両藩をお取り潰しにしたのである。

兄二人は他藩にお預けとなり、まもなく死亡。二人の兄が治めていた藩は統一されて、親藩の高田藩が治めることになったのだ。

嘆くまもなく、今度は長兄の藩で、お世継ぎを巡って正妻《せいさい》と側室《そくしつ》の産んだ子が争い、切腹者まで出すことになり、長兄の領地も幕府に取り上げられた。

この長兄の領地は、現在小栗藩と領地を接していて、幕府の代官が治めている天領である。

古屋留守居はそこまで話すと、膝前にある茶碗を引き寄せて茶をひと口飲んだ。

そしてその茶碗を手に持ったまま、じっと皆の顔を見渡した。

皆真剣な顔で見詰めている。

源吾も、熊谷も、その他の者も、古屋留守居の話には多大な興味があったのである。全く知らなかったという訳ではなく、小栗藩のことは、誰かからそれなりの国の来歴として聞いてはいたが、こうして上役の古屋のような人物からつぶさに聞くことはなかったのだ。

古屋留守居は、皆の表情に満足したらしく、茶碗のお茶を飲みきって下に置いてから、

「気付いた者もいるだろうが、四人の兄弟のうち三藩が相次いでお取り潰しになったのは、おそらく、幕府に機会あらばお取り潰しをという思いがあったに違いないのだ。そのために隠密《おんみつ》が領内に入っていたとも言われている。今の世なら、断絶になる筈もない理由で、瞬《また》く間《ま》に領地は取り上げられたのだ。この小栗藩が一万石

とはいえ、生き残ってきたのは不思議なぐらいだ」

源吾ほか、皆頷いている。

「通りいっぺんの努力では、生き延びてはこられなかったはずだ」

しんとした皆の顔を、古屋留守居は見渡した。

「節約に節約を重ね、争いごとを領地の外に漏らさぬように努力し、勤勉な領民と武士を育て上げ、きめの細かい施策を実行し、武士も百姓も商人もない、皆領民だと、強い絆《きずな》をつくりあげることで生き延びてきたのだ」

「………」

「今、我々は難儀《なんぎ》をしている。だが、先達《せんだつ》は、もっとたいへんな思いをしてきたはずだ。その大切な領地を、我々もまた後世に残していかねばならぬ……そうであろう」

「………」

「この江戸においても、国元にいる皆と同じように、いや、それ以上に心して勤めねばならぬのではないかな」

「………」

「これは、我が小栗藩に課せられた過酷《かこく》な運命だ。だが、我々はその過酷な運命を逆手《さかて》にとって、したたかに生きていかねばならぬ。そうだ、したたかにな……。その我らの思いを示す思いがけない好機が舞い込んできた。三百両というご褒美にありつける好機だ。万に一つ、その念願がかなったならば、したたかに生きる糧《かて》になるというのに……」

「……」

「それを……」

古屋留守居の顔が険しくなった。

「そなたたちは、今わしに言ったような弱音を吐いて、ご先祖に顔むけできると思っているのか……」

古屋留守居の顔が、歪《ゆが》んで泣いているように見えた。

「今、領民の貧しい暮らしは、わしが告げずとも、そなたたちはわかっているな。その暮らしを、助けられるかもしれないのだ。よく己の胸に問うてみてくれ」

古屋留守居の話はそこで終わった。

倹約《けんやく》のため芯を細くして点《とも》す行灯の淡い光が、皆の顔をぼんやりと映し出していた。

「何か、誰か言うことはあるか……」

古屋留守居は訊いた。だが、誰も言葉を発しない。

「ならばもう引き取ってよいぞ」

古屋留守居が手を振って下がれと合図をしたその時だった。

「古屋さま」

手をついたのは武助だった。

「あっしはやります。やり通します。やらせて下さいやし」

強く、はっきりした口調だった。

「うまく言えねえが、あっしたちがやらなくて誰がやるんでしょうか。あっしも男だ。戦いもしねえで、このまま手をひいたら一生の恥、いいや、国元に恥ずかしくて帰れねえよ」

「そうか……やってくれるか」

古屋留守居は、声を詰まらせた。

「お前がそう言ってくれるとはな……ありがたい」

そのしみじみとした声を聞いて、次々と声が上がった。

「もう一度、私も挑戦してみます」

私も私も、あっしもと声を上げて、古屋留守居を取り囲んだ。

「すまん。すまぬな、皆。わしはどれほど過酷なことを言っているのかわかっているのだ。この通りだ」

古屋留守居は、なんと頭を下げたのだ。

「古屋さま……」

皆口々に古屋の名を呼び、そして一人、また一人とすすり泣く。

すすり泣きは次第に大きくなっていった。

源吾も、暗い天井を睨んだ。涙を堪えるのに必死だったのだ。

「そうか……」

話を終えた源吾の顔を見て、弦一郎は深く頷いた。

源吾もまだ昂揚《こうよう》から冷めやらないのか、目を潤《うる》ませている。

「そういう訳ですから、明日からはまた皆出て来ます。よろしくお願い致します」

源吾は、声を振り絞って言い、弦一郎の前に手をついた。

「頑張れ！……もう少しだ！」

水際に立った仲居五郎たちの声が飛ぶ。

隅田川の中ほどを泳いで行くのは、熊谷与左衛門、佐藤五郎、善助、留次郎の四人だった。

熊谷が先頭にたって泳いで行くが、皆危なげない泳ぎである。

熊谷が先頭になり列を乱さず泳いで行く。

雁《かり》が空を飛んでいくように泳ぐ片手抜《かたてぬ》き雁行《がんこう》という泳ぎがあるが、それに似た泳ぎで……というのは、小栗藩に流派はないからだが……まずは合格というところか。

向こう岸に熊谷が渡りきった時、弦一郎は空に向かって差配棒を突き上げた。

すると源吾が、ドンと太鼓を叩く。

その太鼓に合わせて、皆岸を叩いてから反転し、こちらに向かって泳ぎ始めた。

「みごとじゃな。見違えるようになった」

弦一郎の後ろで見ていた古屋留守居は、声を弾ませた。

四人が岸に帰ってくると、今度は忠助、武助、仲居、悦之助が水に入った。

源吾が長い竹竿《たけざお》を水上に向けて伸ばした。

その先には釣り糸が付けられており、糸の先には餅が付けられている。その餅を水中でくわえて戻って来る競技だ。

まずは忠助が水中に潜った。泳ぎはまだ達者というにはほど遠く、見ていても危なっかしいが、ちゃんと餅をくわえて上がって来た。

「よし、次！」

今度は武助が潜った。

すいすいと一直線に餅まで潜ると、素早くくわえて戻って来た。

「見事じゃ！」

古屋留守居は、相好《そうごう》を崩す。

「武助は、全ての競技において優秀です。皆驚いています」

弦一郎も得意げに報告する。

嬉しかった。行き詰まって、試合を放棄しかねなかったあの時期に比べれば、皆は急激に上達してくれたのだ。

その先頭に立ったのが、なんと武助で、近頃は苦手な泳ぎがある者に手取り足取りで教えている。

岸に上がってきた武助は笑って言った。

「潜りは一番好きです。くわえてきた餅を貰えますから……藩邸のお長屋に帰って、その餅を食うのですが、うめえ……国のおふくろに食べさせてやりてえぐらいですよ」

餅はおゆきが運んでいる。最初のうちは、ただ目標の水中に差し込んだ杭に向かって潜らせていたのだが、怖がってなかなか上達しない。

それを見ていたおゆきが、

「試合では、お餅をくわえてくるんでしょう。だったら、練習の時からお餅を使えばいいのではないでしょうか」

そう言ったのだ。むろんその餅はおゆき持ちだ。

すると、どうだ。潜って餅をとってくれれば、それは貰えるのだとわかると、皆競って水に潜る。

「貧乏藩ですから、それが功を奏しました。食い意地には勝てません」

源吾の言葉に誰もがそうだそうだと無邪気に頷く。

「次は、立ち泳ぎをやるぞ！」

四人の潜りが終わると、弦一郎は叫んだ。

立ち泳ぎとは、水中で両手を出し、足の裏で水を踏むようにして泳ぐ泳法だが、これも競技に関わるから、なおざりには出来ない。

「まずは、留次郎、忠助……」

読み上げているところに、

「皆さん、一服なさって下さい」

おゆきが女中に風呂敷包みを持たせてやって来た。

「ほう……」

皆、歓声を上げて小屋の側《そば》の土手に集まった。

毎日、皆おゆきの来るのを楽しみにしているのだ。

「今日は餅菓子です。どうぞ」

おゆきは、女中に手伝わせて餅菓子を配る。

家にいれば、何ひとつしなくてもいいお嬢さんが、この二月《ふたつき》、ここにかかりっきりで、弦一郎も頭が下がる思いである。

「古屋さまもどうぞ」

おゆきが古屋に餅菓子を渡し、弦一郎にも渡してくれたその時、弦一郎は視界の隅に、おゆきとは違う女の姿をとらえていた。顔を上げて見た。

その者は、あの古屋留守居が紹介してくれた美知という女だった。

弦一郎は古屋留守居に視線を流した。

だが美知は、首を横に振って、無用だと言い、にっこり笑うと、弦一郎に頭を下げて去って行った。

「どなたですか？」

おゆきが気がついたらしく、怪訝《けげん》な顔で弦一郎の顔を見た。

「古屋さまの知り合いだ」

そっけなく答えたが、おゆきの顔には、一瞬不審な色が走り抜けた。だが、おゆきはすぐに、明るい顔で餅菓子を渡していく。

「たくさんありますから、存分に食べて下さい」

歓声を上げて餅菓子を頬張る皆に、弦一郎は言った。

「しばらく休憩だ」

そして源吾に後を頼むと、古屋留守居と他の組の見分に向かった。

小栗藩の他にも小屋は二十一建っている。小栗藩より上流に建つのは幕府の御徒士組の小屋が十二と、東北の松波《まつなみ》藩とかいう三万石の藩だった。また、小栗藩の川下には、あとの三万石以下の藩八つの小屋が建っていた。

弦一郎と古屋留守居は、幕府の御徒士組の小屋を回ることにした。

なにしろ御徒士組は、毎年上覧試合に出て来ている。御徒士組の泳ぎの実力をみれば小栗藩の者の力の程度もわかるというものだ。

ゆっくり歩を進めて水練の様子を観察していた二人は、何棟目かの小屋の側で足を止めた。

川の中では、団体演舞の練習が行われていた。

四人が列を組んで川下に泳いでいるのだが、それは雁行《がんこう》と呼ばれている泳ぎ（今でいえばゆっくりとしたクロールのような）だった。

先頭の者の動きに合わせて、右手抜き、左手抜き……と腕を水から抜くのもぴたりと合っていて美しい。

なるほどこれが、雁が飛び立ち、一糸乱れずというところかと感心して見ていると、四人は今度はぐるぐる丸くなって泳ぎ、次の瞬間、一、二の三、で水の中に沈んだ。

「なんだあれは……」

思わず古屋留守居が声を上げたが、小屋の中の太鼓の一打ちで、四人は同時に水の上に飛び上がって来た。皆腰の褌が見えるほどに飛んでいる。

「まるで、トビ魚《うお》のようじゃな」

古屋留守居は、感心するやら不安になるやら、顔色を忙しく変えている。

「うちは、餅食い競争なら一番をとれそうです」

弦一郎は古屋留守居に告げた。

古屋留守居は苦笑いを浮かべたが、すぐに真顔になって言った。

「問題は水中の剣術試合だ。先日の通達では、これには倍の得点をつけるというのだ。おぬし、すまぬが、小栗藩として出てもらえぬか」

「私がですか」

考えないことではなかったが、とうとう来たかと思ったその時、

「弦一郎の旦那」

おきんの声に振り返った。

「おきんも見学か」

笑って訊くと、

「とんでもない、取り立てですよ。ここの訓練に出ているって聞いたもんだからやって来たんですけどね」

おきんは、ほら、あのお侍だと、川上の小屋の前で声を張り上げて泳ぎ手を叱咤《しった》している男を指した。

「旦那の前でこんなこと言いにくいんだけど、お侍にもいろいろありましてね、借金踏み倒しても、平気のへいざ、逆にこのあたしに脅しを掛けるお侍もいるんですから……」

「おきん、あの男の名は……」

弦一郎には、見覚えがあった。

本所から渡し船に乗ったあの日、笛を吹いた紀伊国屋の娘を脅したあの男だったのだ。

「塩尻甚五郎《じんごろう》というお人ですよ」

「塩尻甚五郎……」

弦一郎は唖然《あぜん》とした。

塩尻といえば、

——鬼政が言っていた、柳橋の小料理屋で無理難題を言い、仲居のおたきに刀を抜こうとした男も塩尻……。

弦一郎は、癇癪《かんしゃく》持ちのように、差配棒を振り回している男の姿をじっと見た。

六

「おや、ずいぶんな降りになってきましたな。風も出て来ている」

紀伊国屋佐兵衛は、平右衛門町《へいえもんちょう》の料亭『梅鉢《うめはち》』の渡り廊下を歩きながら、後ろの弦一郎に言った。

「困っています。昨夜夜半から降り始めて今日一日この有様です」

弦一郎は言った。

半歩先を歩く恰幅《かっぷく》のいい男は、上等の絹の着物を着たお大尽。

弦一郎の長屋にお礼にやってきた女房の衣裳《いしょう》にも目を奪われたが、亭主の佐兵衛の着物もまた、柔らかくて光沢《こうたく》のある、一見して高価なものだと思った。

弦一郎は、かねてから佐兵衛には何度も誘いを受けていたのだが、これこれかような事情で応じられぬ、などと丁重に断ってきた。

とてもそれどころではなかったからだ。だが今日は誘いを受けて承諾《しょうだく》した。

朝から雨が降り、止みそうもない。とうてい水練は出来ないと踏んだからだ。

昼前には源吾に使いをやって、皆には十分な休養をとるように指示してある。

そして、遅い昼の食事をかねて梅鉢にやってきたのだが、気になるのは天気の行方だ。

——今日一日雨が降れば、最悪三日は川に入るのは無理かもしれない。

そんな心配を抱えながら、弦一郎は佐兵衛のすすめるままに、離れの座敷に入って座った。

「やっとお会いすることが出来ましたな。娘のお糸の命を救って頂きありがとうございました。この通りです」

佐兵衛は座につくと、まずは弦一郎に礼を述べた。

お糸はもう元気になって、また笛の師匠のところに通い始めているらしい。

一人娘の跡取りで、あの子がどうにかなっていたら、私はもう商いに精魂《せいこん》を傾ける気にはならなかったなどと言い、女中たちが運んで来た重箱に入った弁当を弦一郎にすすめた。

「遅いお昼をとおっしゃるので、このような軽い食事となりましたが……」

「いえ、私はこのような馳走《ちそう》は初めてです」

弦一郎は目の前の重箱を覗いた。

かまぼこに卵焼き、小鯛《こだい》の塩焼き、海老《えび》の天ぷら、蛤《はまぐり》の甘辛煮、大根《だいこん》と人参《にんじん》の膾《なます》に数《かず》の子《こ》まである。とても弦一郎などが口に出来るものではなかった。

重箱の横には酒も添えてある。

ちらと、小栗藩の皆の顔が浮かんだ。おそらく、こんな馳走は、あの者たちこそ、口にしたことはあるまいと思った。

「どうぞ、一献」

佐兵衛は徳利を取り上げた。

「では、本当に一献だけ……」

盃を取った弦一郎は、佐兵衛の酌を受けたが、それを飲み干すと、盃は膳に伏せた。

「片桐さまは、私が思っていた通りの御仁《ごじん》でした。いえ、若い時の私を見ているようで私は嬉しい」

佐兵衛はそう言うと、自身も飲み干した盃を膳に置き、

「私も二十年前は浪人でした」

にこりと笑った。

「あなたが、浪人……」

「婿《むこ》養子なんです、私は……それまでは先代紀伊国屋佐兵衛に雇われた対談方《たいだんがた》でした」

「ほう……」

弦一郎は改めて佐兵衛の顔を見た。

対談方とは、なかなか難儀のある役目である。

札差の仕事は、三期に分けて支給される蔵米取りの旗本御家人《ごけにん》の米を、当人に代わって御蔵役人から受け取り、換金するものは換金して、その手数料を得ているも

のだが、それとは別に、この米を抵当にして金を用立ててやる金貸し業務がある。

これを利用していない者はいないと思われるほど多いが、借金が嵩《かさ》んでくると札差は金を貸すのを渋り出す。

ところがそれでは暮らしが成り立たない旗本御家人は、無頼《ぶらい》の浪人や、やくざ、はたまた金に困った下級武士を雇って札差を脅して借金をしようとする。この恐喝する輩《やから》を蔵宿師《くらやどし》と呼んでいるが、それに対抗して札差は、腕っぷしの強い浪人や剣客を雇って対抗するのだが、これが対談方と呼ばれている。

つまり佐兵衛は、もとは紀伊国屋に雇われた対談方だったと言ったのである。

それが先代紀伊国屋佐兵衛に見込まれて、婿になったということらしい。

「いやいや今日は私の話をするためにお会いしたのではない。片桐さまは水練の指南を今なさっておいでと聞きました。私に協力できることがあればおっしゃって下さい。聞けば雇われているのは小栗藩とか。一万石では他藩と競うといったってたいへんでしょう。何か入り用なものがあれば、おっしゃって下さい」

紀伊国屋佐兵衛は、どうやら弦一郎の身辺は調べたようだ。

弦一郎が礼を述べると、佐兵衛は満足げな顔で盃をとった。

弦一郎は、しばらく目の前の料理をひとつひとつ味わった。夏でなければ、折に入れて持ち帰り、皆に食べさせてあげられるのにと、ふと思った。

小栗藩の者だけではない。母のことも、美味しいもの、珍しいものを食べるたびに必ず思い出す。

自分だけが馳走にありつくのが、申し訳ないような気がしてくるのだ。

そんな弦一郎を、佐兵衛は楽しんでいるような表情で見ている。

その気配に気付いた弦一郎が顔を上げると、

「片桐さまは、まだ若い。これからです」

佐兵衛は言った。

一刻後、弦一郎は諏訪町の小屋をめざして川沿いの道を急いでいた。

まっすぐ長屋に帰ろうかと思ったが、やはり川の状態を見ておきたいと思ったのだ。

傘を傾けて最初は歩いていたが、すぐに傘を細めて笠《かさ》にした。首から下は、梅鉢で渡してくれた桐油合羽《とうゆがっぱ》で覆っている。それでも、強い風と一緒に、雨は合羽の下に忍び込んできた。雨の量は少なくなっているが、風は一層強くなっているようだ。

野分《のわけ》の季節までは、まだ二月《ふたつき》ほどもある。この荒れようは、夏の嵐だと思った。

そう言えばこのところ、異様なほどのかんかん照りだった。水練をするには好都合だが、武助たち百姓が、不安な顔をして稲の出来具合を案じているのを聞いて心配していたら、突然の荒れた天気に見舞われたのだ。

「片桐さま」

小屋の前に立った時、弦一郎は後ろから呼ばれた。

振り返ると、蓑《みの》を着て蓑笠をかぶった武助が、降りしきる雨の中を走って来た。

「使いですぐ近くに参りやしたが、気になりまして……」

武助は弦一郎の側に立った。

隅田川は、霧に包まれたように雨でおぼろげにしかみえなくなっていた。川は濁《にご》り、それが波を立てて流れている。

武助は悔しそうな顔で眺めているが、とても数日は水練など出来そうもなかった。

小屋を眺めてみた。廃材で作った小屋だが、心配はなさそうだった。

しかも、どの小屋にも人っ子一人いない。普段は多数の裸の男たちで賑わっている小屋が、風で悲壮な声を上げていた。

「それでは、あっしはこれで帰ります」

武助は、諦めたような顔で言った。

「ごくろうだったな。どうだ、近くでいっぱいやるか」

盃を持つ仕草《しぐさ》をしてみせた。

雨の中をやって来た武助の熱心さに、せめて居酒屋でもという気持ちが動いたのだ。

「ありがとうございます。ですが、お酒は……」

「飲めんのか」

「はい。お使いの帰りですから」

「じゃあ蕎麦《そば》ならいいだろう」

弦一郎は、諏訪町の蕎麦屋に誘った。

「俺のも食べろ。実をいうと、馳走になったところで、まだ腹が空《す》くまでには時間がある」

自分の蕎麦も武助の前によせてやると、武助は喜んで食べ始めた。

その忙しい動作を眺めながらも弦一郎は言った。

「それにしても、武助は熱心だな。いつぞや、皆が皆、もう止めたいなどと言っていた時も、お前だけは、固い決心のままだったようじゃないか。感心してみておったが、やはり上達が早い。上覧試合の時には大いに活躍してもらうぞ。武助と熊谷が軸だな」

するとその時、武助は手を止め、嚙《か》んでいた口の中の蕎麦も口中に含んだまま、じいっと一点を見詰めたのだ。

「おい、喉《のど》にでも詰めたか」

案じて訊くと、武助は首を振って否定し、ややあって、ごくりと口の中の蕎麦を飲み込むと、顔を上げた。

「武助……」

武助の目が、濡れたように光っている。

「片桐さま……」

武助は箸を持ったまま、話し始めた。

「あっしには、ひとかたならぬ思いがございやすだ」

「何……」

「あっしは百姓でございやす。畑を耕すしか能がございやせん。しかも貧乏で、母もおりやすから、嫁の来手《きて》もないような暮らしです……」

そんな武助に、参勤交代に加われと言ってきたのだ。

武助は、許してくれるように村方の役人に頼んでみたのだが、

「わが藩には侍が不足しておることは知っているな。しかし殿様の行列というのは、これこれこれだけの家来をひきつれて参れと決まっている。どんなことをしても人数は揃えなければならんのだ」

武助の願いを聞くどころか、村方の侍は、そう言ったのだ。

そういえば、前回の参勤には、村から作蔵《さくぞう》と松蔵《まつぞう》が行列に加わったなと思い出したのだ。

その前は……たしか、女房と別れる別れないなどと揉《も》めている最中だった稲吉《いねきち》だった。稲吉は心を残しながら行列に加わったが、翌年帰ってきた時には、女房はどこからかやって来て村に立ち寄った高野聖《こうやひじり》と村を出て行ったあとだったのだ。以来稲吉は惚《ほう》けたようになっている。稲吉は女房とは別れたくなかったんだ。

――みんなたいへんな犠牲を払って行列に駆り出されてるんだ。

断れるものなら断りたいと思ったが、自分だけ逃れることは皆に申し訳ない、また許される訳もないと言い聞かして行列に加わった。

「片桐さま、あっしのその時の気持ちは、なんでここまで領民がたいへんな思いをしなくちゃならねえのかと、腹が立っておりました。米の飯を食えるのは盆と暮れだけで、後はきびや粟《あわ》を食って米を作り、年貢を納めているにもかかわらず、何故百姓ばかりが、こんな目に遭うのかと……へい」

武助は言って、ちらと弦一郎の顔を覗くように見た。

弦一郎は頷いてやった。すると武助は意を得たりというように、話を継いだ。

「ですが、京を過ぎてまもなく、あっしのそんな、殿様への怨《うら》み辛《つら》みはふっ飛んでしまいやした」

「ほう……」

弦一郎は、まじまじと武助を見た。

「水が当たったのか、腹を壊しまして、草津《くさつ》の宿の手前だったと思います。小者の忠助が殿様の駕籠《かご》近くを歩いていた徒目付の佐藤さまに、これ以上参勤に加わるのは無理だと申し出てくれたのです。草津から国に帰したほうがよいのではないかと……」

「佐藤というのは、佐藤五郎のことだな」

田舎侍にしては、白い肌を持つ佐藤五郎を思い浮かべて訊いた。

「そうです。そしたら……」

殿様が、駕籠を止めよと命令した。

「そして、殿様は、自分の薬を分けてやれと、そう申されたのです」

「そうか、そんなことがあったのか」

「へい。それに……江戸に出て来て、殿様の暮らしを知るようになって……おらが殿様は、可哀《かわい》そうだなって思うようになりやしてね」

「………」

哀《かな》しそうな目をして話を続けた。

「片桐さま、お殿様がたの登城日ってのがございやすでしょう。お節句《せっく》とか、七夕《たなばた》さまとか……その時の行列見て、なんとうちの殿様のみすぼらしいことよと……余所《よそ》の殿様に先を譲って、頭を低くして……その様子を、あっしは目の当たりにして……だからせめて、今度の上覧試合ぐらいは勝って殿様に花を持たせてやりてえって」

武助は、日焼けした手の甲を目に当てた。武助はまだ若い。話しているうちに胸の内にあった感情が、ほとばしり出たようだった。

弦一郎は、武助の肩をとんと叩いて言った。

「そうか、それでお前は、水練を続けようと、いの一番に言ってくれたのか」

武助は頷いた。

「殿様にご恩返しがしてえ。ここに小栗藩ありと、千代田《ちよだ》のお城の上様に知っていただけたらと……うちの殿様が認められるってことは、あっしら領民も認めてもらうことになるんだ。四国の、小さな藩を認めてもらいてえ……」

「武助……」

弦一郎は、もう一度武助の肩を叩いた。

「わかった。そういう気持ちがあれば勝てる」

「ほんとですか……」

見返した武助に、弦一郎はきっぱりと頷いた。

「弦一郎さま、起きていらっしゃいますか」

戸口で慌ただしい声がした。

「鬼政か」

弦一郎は慌てて土間に下りて戸を開けた。

雨は未明に止んでいて、日が差し始めている。二日降り続いた雨と風はようやく終息したのである。

だが、水練したくても出来ぬと思って、弦一郎は久しぶりに母に手紙を書いていた。

「ご存じですか、水練小屋がぶっ壊れていやすよ」

「何！」

弦一郎は驚いた。

雨と風の中をついて小屋や川の様子を見に行ったのは昨日のことだ。

「びっくりしましたよ、あそこを通りかかって、ひょいと見たら、なんと、小栗藩の小屋だけがぶっ壊れているんですから」

最後まで聞かずに、弦一郎は奥に走って刀を掴むと、家を出た。

足早《あしばや》に諏訪町に向かった。

同じように息を弾ませながらついてくる鬼政に言った。

「おかしいな。昨日はびくともしていなかったのだが」

「廃材で間に合わせた小屋ですからね。やっぱりあの風では無理だったんじゃありやせんかね」

そんなことがあるものかと、返事をするのももどかしく、小屋に駆けつけると、

「片桐さま！」

小栗藩の面々が走り寄って来た。

「皆も来ていたのか」

弦一郎は、皆の後ろにある筈の小屋の所在を確かめた。

小屋は、川に面した二本の主柱《おもばしら》が折れ、そこに屋根が覆い被《かぶ》さって壊れている。

弦一郎は、杉皮の屋根を押し上げて折れた柱の部分を見た。

「これは、風の仕業《しわざ》じゃありません。鋸で切られています」

先ほどから、折れたもう一本の柱の断面を指でなぞって調べていた源吾が叫んだ。

確かに源吾の言うとおり、弦一郎の素人目《しろうとめ》にも、風の被害で折れたものではないことぐらいはひと目でわかった。

「誰だ……誰がこんないたずらを……」

弦一郎が怒りの声を発すると、

「いたずらにしては度が過ぎる」

「小栗藩の小屋を壊して、どんな得があるというのだ」

口々に皆叫んだ。

「誰か、心当たりはないのか……どこかの藩の者と喧嘩《けんか》したとか、怨みを買うようなことがあったとか……」

源吾は皆を見渡して言った。

だが、皆首を横に振った。

ただ、武助一人が、思い当たる節があるのか、口を一文字にして険しい顔で小屋を睨んでいる。

「武助、どうした……」

弦一郎が訊いた。

武助は、はっと我に返った顔で言った。

「ひょっとして、あの連中かもしれやせん」

「あの連中だと……心当たりがあるのだな」

「御徒士組の連中です」

と武助は、はっきりと言った。

「何……」

「あっしは何度も見ています。奴らがうちの水練を覗き見していたのを」

「待て、そんなことぐらい、どの組もやっている。敵を知るためには偵察《ていさつ》は欠かせぬ」

「そういうのではありません。あっしたちを小馬鹿にして……何度も、因縁《いんねん》をつけにきておりやす」

するど、熊谷が言った。

「そういえば、私も……お前たちだけには、負けたくないものだと、言いたいだけ言って帰って行きましたが、しかしまさか……」

「それが本当なら許せないことです。片桐さま！」

皆口々に言った。

すると、じっと聞いていた鬼政が、弦一郎に目顔で頷き、

「あっしはこれで」

帰ろうとしたのだ。

「待て、どこに行くんだ」

弦一郎が言った。

「問いただして参りやす」

「まあ待て」

弦一郎は鬼政を引き留めた。そして皆の顔を見て言った。

「みんな、試合までもう半月もないのだ。確かに誰かに小屋はやられている。しかしここでやった者を捜して時を使うより、練習に励み、試合で怒りを晴らすのだ。まずは、水練が先だ」

皆、不満そうに口を閉じた。

「ここまでくれば小屋が使えなくても泳げる。もう腰に縄をつける者はいないのだからな。それより大切なことは、一日たりとも水練を休まぬということだ。しっかりと体で覚えれば、当日もきっと良い結果が出せるはずだ」

「……」

「ただ、問題はこの大水だ」

振り向いて、黒々と水かさを増している隅田川の濁った水に目を遣った。

「これでは数日は川には入れん。だがこういう時が勝敗を分けるのだ。いいか、他の組が練習を休むこの時こそ練習に励むのだ。さすれば勝てる」

「泳ぐ場所がございません」

徒の山田義之助が言った。

「うむ、それだが、俺にひとつ案が浮かんだ。皆はしばしここで待っていてくれんか」

弦一郎はそう言うと、源吾だけ従えて土手を出た。

弦一郎は、札差紀伊国屋に走ったのだ。

紀伊国屋は御蔵前片町にあり、新堀川から敷地内に水を引き入れている。そこが畳三十畳ほどの池になっていて、池の周りには米蔵が建っている。

幕府の米蔵、浅草御蔵から運んで来た米を、いったん自分の蔵に収納したのち、米問屋や米屋に卸すのだが、その運搬を担っているのが伝馬船で、施設の池で船に積み、所ところに運んで行くのだ。

弦一郎は、その池を、二日か三日、借りたいと申し入れたのだった。

むろん商いに差し障りがあるようならばできない話だとわかっていたが、

「おやすい御用です」

佐兵衛は気持ちよく承諾してくれたのだった。

一刻後、紀伊国屋の池に皆勢揃いした。

店の手代や人足たちが、池の周りのあちらこちらから、物珍しげに眺めている。

弦一郎は、皆を一列に並べ、かねてより思案して書き付けていたものを読み上げた。

「このたびの試合はこれまでとは違った形でやることになった。まず襷《たすき》渡しの出場者だが、二人と決まった。よって熊谷与左衛門、佐藤五郎、おぬしたち二人にやってもらおう。この競技は、川のこちらから向こう岸まで泳ぎついた者が、向こう岸で待っている者に襷を渡す。すると、襷を渡された者が、今度は向こう岸からこちらまで泳いで来る。泳ぎの型は決まってはいないが、雁行がいいのではないかな。

速さも競われるが、泳ぎの美しさも問われることを忘れないでくれ」

弦一郎に名指しされた熊谷と佐藤の二人は、神妙な顔で頷いた。

「次に団体演舞だが、善助と留次郎、そして仲居五郎、山田義之助」

四人の顔を一人一人見て名を呼び上げ、この競技は四人一体となっての、統率された演技の美しさが問われるものだと説明し、

「どんな技を演じるかは各組に任されている。創意工夫を尽くせばいいが、肝心なのは、一糸乱れぬという結束力だ」

「思い切ったことをやろう。見物人があっと驚くようなことを」

仲居五郎が声を上げた。

「馬鹿こけ、おぬしが一番心配なんだ」

山田義之助がすかさず言い返して、どっと笑いが起こった。

「次に餅食い競争だが……」

弦一郎が言い終わらぬうちに、

「武助、武助、武助」

皆が手拍子ではやし立てる。

武助は照れくさそうな顔で頭を掻いた。

「そうだな、まずは武助、そしてもう一人は、田中悦之助だ」

「おう」

拍手がわき上がる。

弦一郎は大声を張り上げた。

「聞いたところでは、餅食いは二班に分けてやるらしい。つまり、一班に各組一人ずつが出る。三十組あるから三十人が潜るということだ」

武助と田中悦之助は自信満々の顔で頷いた。

「それから、今名前を呼ばれなかった者は補欠ということになるが、万が一の時にそなえて、出場する者たちと同じように練習を怠《おこた》らぬようにしろ。それと、水中剣術試合については、一藩から一人、勝ち抜きとなっている。これは、俺が出る」

皆助かったという顔をした。いずれも剣術は苦手とみえる。

数日前、弦一郎は古屋留守居から、貴殿に出てもらいたい、そう強く言われていた。

弦一郎は二の足を踏んだ。自分は指南役で雇われた身だと一度は断った。だが、古屋留守居は、

「あくまでもただの指南役だと言われるか。そんな他人行儀なことを言わないでく

れ。乗りかかった船、小栗藩の一員として力を貸してくれ」

頭を下げられてしまったのだ。家臣たちの剣術の未熟は誰よりもわしが承知だ。この通りだと言われて、

「…………」

弦一郎も返す言葉に困った。

古屋留守居は、ここぞとばかり、

「案じていることはわかっておる。小栗藩の者ではないと言いたいのだろうが、今は間違いなく小栗藩の者だ。念のために、上覧試合を仕切られる御徒士頭の藤堂内蔵助《とうどうくらのすけ》さまにもおうかがいをたてて承諾を頂いておる。わざわざ剣客を雇った藩もあるらしいが、藤堂さまは、これも皆の士気が高まればよいことだとお目こぼしをなさったとか……何も躊躇《ちゅうちょ》することはない」

古屋留守居にそこまで言われては断れなかったのだ。

「発表は以上だ。今日からは、競技ごとに練習する」

弦一郎の声は響いた。

七

「この者が、片桐弦一郎でございます」

古屋留守居は、上覧試合を三日後に控えた昼の七ツ、水練を少し早めに切り上げて藩邸に集められた十名と弦一郎を、小栗藩主栗原忠清《ただきよ》に拝謁《はいえつ》させた。

藩士は座敷で平伏し、中間小者は座敷の外の縁側に並んで頭を床にすりつけている。

納戸役の熊谷、徒の仲居、同じく山田などは、藩主の顔を拝んだことはあるだろうが、武助などは恐れ多くて拝んだこともないのだから、体ががちがちになっている。

縁側に居るのは中間小者に下男である。たとえ何かの事情で御目見得《おめみえ》できることがあったとしても、この身分では縁側の更に外の庭にうずくまるのが普通だ。それを縁側にまで上げてくれての拝謁だから、武助たちにとっては特別待遇といってよく、恐れ多くて緊張するのも無理はない。

弦一郎だってそうだ。古屋留守居のはからいで、座敷の、殿様の座す面前に平伏しているのだから場違いという思いは免れない。

ふと、かつて上屋敷で、安芸津藩の殿様の前で名乗ったことを思い出していた。

「くるしゅうない。片桐とやら、顔をあげよ」

忠清の声が聞こえた。親しげな声だった。

弦一郎が体を起こすと、目尻のきりりと上がった目が弦一郎を見詰めていた。忠清は、三十半ばの、端正《たんせい》な顔立ちの殿様だった。

「こたびの上覧試合、留守居の話では、めざましい上達ぶりで、他の組に引けを取らぬ出来栄えだと聞いた」

忠清の言葉には素直な喜びの気持ちが込められていた。

「熱意だけは他に引けを取らないと自負しております。しかし、勝敗は時の運とも申しますゆえ」

弦一郎は煙幕を張った。

忠清は、ふっと苦笑している。

「申し上げます。片桐どのは謙遜《けんそん》しておりますが、この古屋が目には、日に日に上達めざましいものがございまして、どこにも引けを取りませぬ。これも、片桐どのの献身的な指南の賜物《たまもの》と存じます」

「うむ」

殿様は満足げに頷いた。

持ち上げられた弦一郎はくすぐったい。すかさず言った。

「いえ、古屋留守居の目にそのように映ったのは、指南が実った訳ではございません。ひとえに、皆の気持ちが、そうさせたものと存じます。国で帰りを待つ領民に思いを馳せ、また殿様のお役に立ちたいという気持ちが、皆を厳しい練習に駆り立てたのです」

「ほう、余の役に立ちたいとな」

「はい。殿は参勤のおり、武助という小者に薬を与えられましたが、覚えておられまするか」

「薬を……おう、そうだった。そのようなこともあったな」

「その者の申しますには……」

弦一郎は、隠さず、これまで聞いてきた武助の話を忠清に伝えた。

「そのようなことをのう……」

忠清は胸を打たれた様子だった。

「武助だけではございません。皆同じような気持ちでおります。上覧試合で勝つか負けるか、それは時の運だと先ほど申し上げましたが、私は心一つになって戦おうとしている藩士たちに深く心を打たれました。藩士たちも、同志としての結びつきの深さを、改めて嚙みしめたように見受けられます。仮に勝ちを逸《いっ》したとしても、きっとこたびのことは、今後お役に立つことと存じます」

弦一郎は感じたことを、素直に述べた。

忠清は、頷いて聞いていた。

正直なところ、指南役の弦一郎としては、藩士十人の技量は、けっして他の組に負けない出来上がりだと感じている。

他の組の目の届かない紀伊国屋の池で、存分に練習することが出来たことが、飛躍的な上達に繫《つな》がったのだ。

例えば団体演舞で、いっせいに沈んで、次の瞬間皆揃って水の上に飛び出して手を広げる演技。また、二輪車と名づけた、互いに相手の足を摑んで輪をつくる演技、水面を境に上になり下になりして車のように演舞するのも、川の流れに邪魔されない紀伊国屋の池だからこそ、基礎がしっかり身についたのだ。

後に増水がおさまってから、隅田川で演舞させてみたところ、難なく美しく出来たのである。

幕府の御徒士の者も、他藩の者たちも、この頃になると互いに偵察に余念がなかったから、小栗藩の上達には驚いたに違いないのだ。

餅食い競争の武助たちも、泳ぎも素早くて申し分がない。

ただ、欅渡しの佐藤五郎が昨日から腹を壊して休んでいて、補欠の条蔵にやらせてみたのだが、なんともこれは心許《こころもと》ない。

さらに自身の剣術試合も、水中となると見当もつかず、やってみなければわからぬと開き直りを決め込んでいる。

これでは確実に優勝などと言えるはずもないのである。

だが忠清は、勝ちにこだわる狭量な人物ではなかった。

「勝負は時の運、それは余も心得ておる。これ以上おしつけがましいことは言うまい。ただ皆の苦労が実るように祈っている」

忠清は一人一人の名を呼んでから、

「よしなにな」

そう言い残して退出して行った。

「殿様！」

皆退出した殿様の後ろ姿を仰ぎ、感極《かんきわ》まった様子だった。

古屋留守居はそんな皆を見渡して頷くと、

「わしを含めて数人が見物に参るつもりだ。わしも、長い間の皆の苦労が実るように祈っておる」

微笑んで言った。


鬼政が若い男を弦一郎の長屋に連れてきたのは、翌日の八ツ前のことだった。

「旦那、ちょいとこの男の話を聞いてもらえませんか」

鬼政は男を促して、上がり框に腰を下ろしたが、

「やっぱり、ここも暑いや」

しきりに首を手巾《しゅきん》で拭《ぬぐ》った。

「ちょっと待ってくれ」

弦一郎は長屋に帰って来たばかりだった。部屋に籠《こ》もった熱気を逃がすために、裏の戸を開けて風を誘い入れてから、台所にある瓶《かめ》の水を汲《く》んで、三つの茶碗に注ぎ入れた。

「しかしよく、俺がもう家に帰ってるってわかったな」

二人に水を出してやりながら言った。

弦一郎はこの日、おのおのが出る競技のおさらいをさせ、昼過ぎには引き上げてきたのである。

試合前に過度に体を疲れさせないために、明日も無理のない訓練で終わりにするつもりだ。

「旦那がもうお帰りだってことは、武助さんていう潜りの名人がいるでしょう……あの人から聞きやした」

「そうか、皆まだ練習していたのか」

「へい、四人ほどでしたがね……」

すると、鬼政が連れてきた男が口を添えた。

「あっしも泳ぎが好きで、お侍さんの水練を見て来ましたが、あの人はすごい。あっという間に上達した。潜りにかけては一番ですね」

「ふっふっ、武助が聞いたら喜ぶだろうよ」

弦一郎は笑った。だがふと気付いて、

「鬼政、して、なんの話だ……」

視線は連れてきた男に注いでいる。

「へい。旦那、この男は諏訪町で母親と二人で煮売り屋をやっている半七《はんしち》という者ですが、嵐の日に、小屋を鋸で挽《ひ》いていた男を見たというんでさ」

「何……」

それを待っていたように、半七という男は言った。

「へい、あっしは毎日、諏訪町の河岸通りを通って、おふくろの知り合いの婆《ばあ》さんに煮売《にうり》を届けておりやしてね。ついでにいつも水練の様子を覗いていたんです……」

その日は嵐で、川岸には人っ子一人いなかったが、濁流になって流れる川を見てみたくて、ちょうど小栗藩の小屋があるところに入って行った。

すると、雨に打たれながら、二人の男が小屋にいる。

おや、何をしているんだろう、まさかこんな日に水練でもあるまいと思っていたら、鋸で柱を挽きはじめたというのである。

半七は、思わず物陰に身を隠した。途端に見てはいけないものを見ている自分に恐ろしくなった。

鋸を挽いていたのは若い侍で、横に立っているのは、御徒士組の小屋で見たことのある男だったのだ。

「そのお侍は、以前にも小栗藩の小屋を後ろから睨んでいたことがありやした」

「旦那、あの男じゃねえでしょうか。塩尻って奴ですよ」

「……」

「おきん婆さんが滞っている金を回収に行ったら、逆上して刀を抜こうとしたらしいじゃないですか。おきん婆さんは腹立てて、あたしを怒らせたらどうなるか、目にものをみせてやる、なんてあっしに喚《わめ》いていましたが、どうやら相当の悪党ですぜ」

「……」

弦一郎は、大きくため息をついた。

「旦那、半七は、いつだって証人になるそうです。そうだな、半七」

鬼政が念を押すと、半七はこっくりと頷いた。

「わかった、知らせてくれてありがたい。ただ、試合を明後日に控えている。今騒動を起こせば、皆も動揺するかもしれぬ。その話、預からせてもらおうか」

「承知しやした。じゃ、これで」

鬼政は立ち上がると、

「試合は、おふくろも見に行くようです。負けねえで下さい、特に塩尻の組には

……」

檄《げき》を飛ばして帰って行った。

――まさか、塩尻という男、あの時の俺への怨みが……。

ふと、渡し船の出来事が頭を過《よ》ぎった。

ふてぶてしい男の顔が浮かんできたが、まさかとすぐに打ち消した。

二人に出した茶碗を摑んで台所に立ち、洗い水を汲もうとしたその時、長屋の路地に、ただならぬ足音が聞こえてきたと思ったら、

「片桐さま、大変です！」

中間の留次郎が土間に走り込んできた。

「何があった」

もしや溺れた者でも出たのかと思ったが、

「武助と、田中悦之助さまが因縁をつけられて、連れていかれました」

と言うではないか。

「誰に連れていかれたのだ」

「御徒士組です」

「なんだと……塩尻という男か」

「あっしは名は知りやせんが、御徒士組で水練を指揮していたお侍です」

「何……」

やはりそれなら塩尻に違いない。

「どんな因縁をつけられたのだ」

「へい……」

留次郎の話はこうだった。

弦一郎が帰った後、居残っていた武助や田中悦之助、留次郎に仲居五郎など小栗藩の者たちが藩邸に帰ろうとした時だった。

御徒士組の者が三人、ぞろぞろとやって来た。

「なんだ、何しに来たんだ」

小さな声で言い合っていると、こちらを手招きする。

武助と田中悦之助の、餅食い競争二人が招きに応じて近づいた。ところがすぐに言い合いを始めたではないか。

「まずいな。行ってみるか」

仲居五郎が留次郎に言ったその時、武助が引き返して来て告げた。

「奴らは藩を侮辱した。決着をつけてくる」

「待て、何を言ってるのだ。何をされるかわからんぞ」

「大丈夫だ。勝負は泳ぎでやると言っている」

「試合の日にすればいいじゃないか。何かあっては片桐さまになんと申し訳をするのだ」

「案じることはねえ。試合前の、いい腕試しだ。田中さまも心を決めている」

武助は、御徒士組の者と武助が引き返すのを待っている田中悦之助のほうをちらと見た。

「馬鹿、止めろ」

仲居は武助の腕を摑んだが、

「鐘《かね》が淵《ふち》というところまで行ってくる。夕方までに戻らなかったら、その時には片桐さまに伝えてくだせえ」

武助は仲居の腕を振りほどき、御徒士組と田中悦之助のところに走って行ったのだ。

「こりゃあ大変なことになったと思いやして、仲居さまは藩邸に走りやした。そしてあっしは、片桐さまにお知らせに参ったというわけでして……」

途方にくれた顔で訴えた。

「わかった、鐘が淵とわかってるんなら話は早い。このこと、他言せぬようにな」

弦一郎は留次郎を連れて長屋を走り出た。

八

その頃、武助と悦之助は、伝馬船に乗せられて木母寺《もくぼじ》の北方、隅田川と荒川《あらかわ》と綾瀬川《あやせがわ》が接する場所までやって来ていた。

伝馬船はあらかじめ用意していたらしく、駒形堂の船着き場から船に乗ったが、御徒士の三人は、悦之助と武助の二人を取り巻くようにして座っている。

船の中には、なぜか太い縄の束が置いてある。

武助はそれを見て、俄に不安が襲ってきたが、悦之助と話すことも出来ない。黙したまま前を見詰めて武助は考えていた。

何故この御徒士たちは、俺たちに幾度もいやがらせをして来たんだと――。

何時だったか、水練場から帰ろうと河岸通りに出た武助は、この三人に待ち伏せされたことがある。

「田舎者め、そのちんけな体じゃあ泳げまいて」

その時、この者たちはそう言ったのだ。それればかりではない。わざと行く手を塞《ふさ》

ぐように立ってみたり、つい最近も、

「小栗藩の者どもは、米を食ったことがないらしいな。何食ってんだ……」

とか、

「本当の侍はいるのか……指南役のあの男は誰だ……胡散臭《うさんくさ》い奴ばかりだな」

などとからかっていた。

一度そのことを源吾に話してみたが、

「古屋さまが恐れているのは、誰かの挑発に乗って喧嘩などすることだ。つまらぬことで藩の名を汚《けが》すことは止めろと、そうおっしゃったではないか」

そう言われて、我慢してきたのだ。

だがとうとう今日は、

「本試合前の腕試しをやってみないか……」

奴らは初めそう言って誘ってきたのだが、悦之助と武助が、断りの言葉を探していると、

「まさか腰が抜けて出来ぬというのではあるまいな……」

二人の顔を小馬鹿にするように覗いて笑ったのだ。更に、

「無理もないか……あんな男の指南では、お前たちの水練はめちゃくちゃだったたか

らな、まともに泳げるはずもないわな」

声を立てて笑ったのだ。

「そこまで侮辱するならやってやる。そっちには負けぬぞ」

とうとう田中悦之助は挑発に乗ってしまった。

だがその悦之助も、こんな来たこともない見知らぬところに連れてこられて、

「いったい、ここで何をしようというのだ」

辺りを見渡しながら眉の濃い男に訊いた。後悔が俄に胸を覆っていた。

「ここは鐘が淵というところだ。下りるぞ」

眉の濃い御徒士は二人に命令口調で促した。

田中悦之助と武助は、促されて岸に下りた。三人も続いて下りたが、眉の濃い男は、あの太い縄を抱えて下りて来た。

船頭は年長の御徒士に言われて、船を隅田川沿いに移動させて行った。

土手には五人の他に誰もいなくなった。

川の向こうも手前も深い緑に覆われていて、ざっと顔を回《めぐ》らしてみたが、人気《ひとけ》のないところである。

背の低い草がびっしりと茂り、その中には野草の花が咲いているのが見え、さら

にむこうの土手には赤松も数本見えている。

「こんなところで腕試しをやるというのか」

悦之助がもう一度訊き直した。

悦之助は人っ子一人見えないのが気になっていた。しかも、この場所は、三つの川が合流しているところである。橋は架《か》かっているが、その下は水が渦《うず》を巻いて白いしぶきをあげている。

「怖《お》じ気《け》づいたのか」

若い御徒士が笑った。すると眉の濃い男が言った。

「ここが鐘が淵というところだ。あの渦を巻いている辺りに釣り鐘《がね》が沈んでいるという話だ。腕試しというのは、その釣り鐘の龍頭《りゅうず》に縄を結びつけて来るのだ」

「釣り鐘が……そんなものが川の底にあるというのか」

怪訝な顔で訊いた悦之助に、

「そうだ、いま説明してやるからよく聞け」

その男は、年長の御徒士に、

「塩尻さん、お願いしますよ」

と頭を下げた。

——塩尻……そうだ、そういえば、この男は、小栗藩の小屋より上流に向かって五つ目の御徒士の小屋で、棒を振っていた男ではないか。

武助はようやく気付いていた。ずっとどこかで見たことがある男だと思っていたのだが思いつかなかったのだ。

その塩尻は説明した。

「釣り鐘がこの川に落っこちたのは、吉宗公の治世以前のことだ。ある寺が引っ越しのため、船に釣り鐘を積んでこの川を渡っていたのだが、あの渦のところにさしかかった時に船が傾き、釣り鐘を水中に落としてしまったのだ……」

吉宗公はその話を後に聞くことになるのだが、興味をそそられたらしく、鷹狩《たかが》りでこの辺りにやってきた折に、家来の中から泳ぎの達者な者を選んで水の中に潜らせてみた。

すると、確かに釣り鐘は水の底に横たわっていたらしい。

ところが周りには長い藻《も》が揺れていて、釣り鐘に近づこうとすると、藻が足にまとわりついて来る。

最初に潜った者は、とても近寄れないと報告した。

そこで、次に潜った者が、その藻を切ろうと鎌《かま》を持って近づいたところ、ゆらゆら揺れている藻の向こうから、突然異様に光るものを見た。

仰天して目を凝《こ》らすと、なんと、釣り鐘の上に龍のような首をした得体《えたい》の知れない動物が顔を出し、恐ろしい目で鎌を持っているその男を睨んだというのである。

後で潜った男は、恐ろしさのあまり震えながら、釣り鐘は水中で水神《すいじん》の館《やかた》となっている。近づけば祟《たた》りがありそうでとても出来ない。

そう言った後、この男は気を失ったということである。

以後、この話を聞いた江戸の者は、誰も近づくことはなかったということだ。

ただ、一方で、

——釣り鐘を引き上げれば御利益《ごりやく》があるに違いない。なにしろ、龍が宿っている釣り鐘だ——

そんな噂も広がって、釣り鐘を落とした寺は有志を集め、この釣り鐘に懸賞金《けんしょうきん》をかけたらしい。

何百両か、五百両か、はたまた千両か、とにかく多額の懸賞金だったようだ。

だが、その後誰も釣り鐘を引き上げた気配はなく、釣り鐘は昔のままに、この三《み》つ叉《また》に沈んでいるはずだ。

塩尻は説明を終えると、

「それで今日の勝負だが、第一に釣り鐘の存在を確かめること、第二に岸に引き上げることだ」

と言ったのだ。そして、

「まずは、御徒士組の者が潜る。その後でお前たちが潜る。それでどうだ」

塩尻は、悦之助と武助に言った。

「わかった」

悦之助が頷いた。

やがて、若い御徒士は褌姿になった。

その腕に長い縄を巻き付けてから、ぎゅっと握った。そして、もう一方の端は、眉の濃い御徒士が握った。

「この縄は、龍頭にしばりつけてくる縄だが、また水中で危険を感じた時に引けば合図にもなる。その合図があれば、直《ただ》ちに陸《おか》にいる者が縄を引っ張る。そういう縄だ」

塩尻は説明した。

若い御徒士は、大きく腕を振り回してから水の中に入って行った。

ゆっくりと渦の手前まで泳いで行くと、一度大きく息を吸い、水中に潜った。肌色の体が水中で歪んでみえたが、まもなく渦の下に消えて行った。

悦之助も武助も息を凝らして見詰めている。御徒士の二人も流石《さすが》に案じ顔で見守っていた。

縄が引かれた。若い御徒士が合図を送ってきたのである。

「引け！」

塩尻の命《めい》で、眉の濃い御徒士は、急いで強く縄を引き寄せた。

「戻って来た」

眉の濃い御徒士が叫んだ。

肌色の背中が揺れながら浮上し、一気に水面に顔を出した。大きな口が水しぶきの上に開いたのが見えた。

「大丈夫か……」

眉の濃い男は声を掛けながら、ぐいぐいと引っ張り上げる。

若い御徒士は土手に上がると、荒い息を吐きながら塩尻に報告した。

「藻が多くて……鐘はみえなかった。見たのは大きな亀だ。両手を広げたほどの亀がいる」

「亀じゃなくて釣り鐘じゃなかったのか」

塩尻が念を押したが、その険しい声に若い御徒士は、

「亀だと思ったのですが……」

自信のない声を上げた。

「腰抜けめ！」

塩尻が怒りの声で言い、今度はそっちの番だと顎をしゃくった。

「田中さま、あっしが行きやす」

着物を脱ごうとしていた悦之助に武助は言った。

「田中さまには縄を頼みます」

悦之助は武助に任せることに一瞬ためらいをみせたが、

「無理はするなよ」

と、心配そうな顔で言った。潜りの腕では武助にかなわないことを承知した上でのことだ。

歴とした藩士と百姓は、いつのまにか身分の壁を越えていた。武助は改めてそれを知って嬉しかった。

大きく頷いてみせると、水中に入って行った。

その時ちらと御徒士組の男たちの冷たく見送る視線が気になったが、泳ぎ始めると水中に神経を集中させた。

渦の手前まで泳ぐと、大きく息をひとつ吸い込んでから一気に潜った。

なるほど藻が多かった。武助の背丈よりも長い。それが一面にゆらゆらと揺れている。

――あれに捕まったらたいへんなことになる。

俄に武助の頭を不安が襲った。

ふと水中から上を覗くと、白いものがぐるぐる回っている。それが渦だった。

――あの渦にも気をつけなければ……あの中に入ったら、川底まで一気に引きずり込まれる……。

視界のおぼつかない水中で心を決めた武助は、辺りを見渡したが何も見えない。

まもなく息苦しくなって、手に巻き付けている縄を引いた。

だがその時だった。武助の足にぬめりとしたものが絡《から》みついた。

ぎょっとして足を見ると、大きな藻が絡みついている。

慌ててその藻を両手で離した。だが、また別の藻が絡みついてきた。

武助は慌てた。初めて恐怖を感じた。なんとか藻から逃れて水面に達すると、土手で武助の縄を摑んでいるはずの悦之助が、塩尻の拳骨《げんこつ》をみぞおちに受け、すっとぶように倒れるのを見た。

悦之助の手にあった縄が水中に引き込まれていく。

渦に巻かれながら、ああ自分は死ぬかもしれないと武助は思った。

泳いでも泳いでも先に進むどころか、渦に吞み込まれないようにもがくのがやっとだ。

「ああ……」

連中は悦之助の顔を水中に押しつけている。悦之助が苦しがってバタバタ手を振っているが、その手もねじ伏せられた。

——殺すつもりだ……。

と武助は思った。自分も田中さんも、ここで死ぬのだと絶望的になったその時、

「待て、何をするのだ！」

釣り竿を片手に走ってきた総髪《そうはつ》の侍がいた。

総髪の侍は、竿を投げて塩尻たちに飛びかかった。

若い御徒士が背中からぶっ倒れた。

すると、塩尻と眉の濃い御徒士は慌てて、船を待機させている隅田川の方に走っ

て行った。

総髪の侍は、水を飲んでむせている悦之助になにやら言うと、今度は急いで着物を脱ぎ捨て、水の中に飛び込んだ。

まもなく、総髪の侍は武助の手に巻き付けている縄の端を水中から拾い上げて来た。

土手に上がった総髪の侍は、力いっぱい、その縄を引いてくれた。

武助は、縄に引かれて岸に辿《たど》り着いた。

「ありがとうございました」

二人揃って総髪の男の前で涙を流していると、

「無事だったか。武助、悦之助……」

なんと弦一郎と留次郎が猪牙舟でやって来てくれたではないか。

「申し訳ございません。この方に助けてもらわなかったら、二人とも死んでいました」

武助と悦之助は、岸に下りた弦一郎の前に頭を垂れた。

「忝《かたじけ》ない。恩にきる。貴公の名を聞かせてもらえぬか」

弦一郎は言い、総髪の侍の顔をじっと見た。刹那《せつな》、

「楠田《くすだ》か……楠田織之助《おりのすけ》ではないか」

驚愕《きようがく》の声を上げた。すると総髪の侍も、

「やっぱりそうか、おぬしは、片桐弦一郎！」

目を見開いて、信じられないという顔で見た。

二人は、哀しみと懐かしさの交じった目で見つめ合った。

きょとんとして見ている武助と悦之助に、弦一郎は言った。

「昔の知り合いだ。この男も安芸津藩にいた男だ」

九

古屋留守居は、目をつむったまま何度も大きく息をついた。

その前には田中悦之助と武助が正座《せいざ》させられて俯《うつむ》いている。

そして、弦一郎と源吾も同席して、古屋留守居の決断を待っていた。

鐘が淵の事件は、あのあとすぐに、留次郎に言いつけて、古屋留守居に報告するよう走らせた。

そうしてから、若い御徒士に活《かつ》を入れた。

息を吹き返した若い御徒士は、怯えた目で弦一郎と楠田織之助を見た。殺されると思ったのか、地べたに頭をすりつけて、こたびのことは、塩尻さんに言われてやった、許してほしいというのであった。

「許すか許さないかは小栗藩の判断だ。だが、何故、一歩間違えば人殺しになるようなことをやったのだ」

険しい声で弦一郎が訊ねると、

「ひとつは……」

小栗藩の泳ぎが強敵になると塩尻が言い出したことが発端だったと若い御徒士は言ったのである。

だから腕試しに誘って溺《おぼ》れさせれば、我らが御徒士組第七班の勝利は間違いない。

「それに……」

若い御徒士は言いよどんだのち、

「うまく釣り鐘を引き上げたら、寺から金が貰える」

そんな欲得絡みで、田中悦之助と武助を誘ったというのであった。

若い御徒士の名は、土田三之助《つちださんのすけ》と名乗った。

弦一郎は懐から半紙を出し、その紙に土田の証言をしたためると、土田三之助に拇印《ぼいん》を押させたのだ。

「いざという時のためだな」

これは証文だと言い、織之助にそれを見せると、釣り竿を持って織之助は帰って行った。

弦一郎は長屋に三之助を連れて帰ってきた。事は藩士の生死にかかわる事件だったのだ。古屋留守居の意を仰いだ上で三之助の処遇を考えたほうがいいと思ったからだ。

だが、古屋留守居は、顔色を変えてやってくると、三之助から取った証文に目を通したのち、あっさりと三之助を帰してしまったのである。

「古屋さま……」

意外な処置に田中悦之助が抗議の声を上げた。

悦之助の声には、後悔と怒りがないまぜになっている。

行灯の灯が、苦悩する古屋留守居の顔を映し出していた。

「古屋さま」

今度は武助が声を掛けた。

「どんなお仕置きも受けますが、あの塩尻とかいう者たちを許していいのでしょうか」

「武助、相手は直参だぞ」

古屋留守居は、かっと目を開けて言った。

「関わりあってはならぬ者たちだ」

「しかし……」

悦之助が膝の上で拳《こぶし》をわななかせた。だが、

「これまでの先達の苦労を水の泡にするつもりか……話がこじれて国がなくなってもいいというのか……小栗藩一万石が改易《かいえき》を免れてきたのは、ひとえに我慢、辛抱《しんぼう》をしてきたからだ。直参を訴えるなどもってのほか、忘れろ……それが小さな藩に生きる者の守る鉄則だ」

重い言葉に、皆黙った。古屋留守居は続けた。

「それにな、よく考えろ。非はこちらにもあったのだ。どんなに挑発を受けようと、鐘が淵など行くべきではなかったのだ……」

じっと二人に視線を注ぐ。

悦之助も武助も、首を引っ込めて俯いた。

「幸い、二人とも命に別状はなかったのだ。試合は明後日だ、胸にあるものは捨て

され。そして領民のために頑張ってくれ」

「くっ……古屋さま、悔しいです」

武助は、歯を食いしばって古屋を見た。

「ほんとだよ。やだやだ、お武家の世界は……」

おとないもなく入って来たのは、おきん婆さんだった。

驚いて見返した古屋たちに、おきんは上がり框に腰を据えて言った。

「悪いけど外で聞かせてもらいましたよ」

「おきん……」

弦一郎が咎《とが》めると、

「仕方がなかったんですよ。旦那に会いにきたら、中から声がするんだもの。それで外で待たせてもらっていたんですよ。そうしたら、塩尻とかいう名は出るし、よくよく聞いていると、たちの悪い御徒士の話じゃないですか。とくに塩尻ってお侍には、あたしも腹に一物《いちもつ》ございますからね。ひとこと言わせて頂きたくて入ってきたんですよ」

「おきん、俺に用があってきたんじゃないのか」

弦一郎はおきんを制するように言った。

「その通りです。旦那に用があって参りました。しかしその用というのは、今話に出ている塩尻のことですから」

「何……」

「あたしもあのお侍から取り立てなきゃならないお金がございましてね、ええ、弦一郎の旦那はよくご存じでございますが、あたしは青茶婆でございます。焦げ付いた借金を、貸し手に代わって取り立てているのです。それで塩尻というお侍のことも、身辺をいろいろ調べているんですが、吉原の女に入れあげちまって首が回らなくなっているお人なんですよ。飲み代も、居酒屋から小料理屋、それに船宿にまで溜めてる始末、あんなお侍は訴えたほうがいいんですよ。被害を被っている町の者は拍手喝采《はくしゅかっさい》、お上《かみ》も無視できませんからね。評定所《ひょうじょうしょ》の決裁が、あのお侍を助けるような話になる訳がありません」

「……」

おきんは言ってから、じっと古屋留守居の顔色を見守った。

「……」

古屋留守居は無言でおきんを見詰めている。

「やれやれ、余計な老婆心だったようだね」

おきんは呆《あき》れて立ち上がり、

「弦一郎の旦那、また来るよ」

一人しゃべりして帰って行った。そして、
古屋留守居は苦笑していた。

「さて、帰るぞ」

皆を促して立ち上がった。


上覧試合は晴天に恵まれて、隅田川の流れも穏《おだ》やかだった。

御徒士の者たち、それに出場する藩の藩士たちが大勢土手を埋めている。

それに、将軍のお成りもあるというので、警備の侍たちが一帯に待機していて、異様な熱気に諏訪町全体が包まれていた。

昼の四ツには出場者全員が河岸に並んだ。

そして、将軍家斉《いえなり》を迎えたのだ。

続いて若年寄本多伊豆守《わかどしよりほんだいずのかみ》から訓示《くんじ》を受け、大太鼓とともにそれぞれの小屋に入った。

「よいか、心を静かにしてのぞめ。自信を持ってやるのだ」

弦一郎は、皆を励ました。

最初は襷渡しだ。これは、三十の組の小屋の競技者が一斉に競うことになった。

熊谷与左衛門と佐藤五郎は、鉢巻《はちま》きを締め、弦一郎の前に歩んで緊張した面持《おもも》ちで言った。

「参ります」

熊谷与左衛門は『小栗藩』と大書《たいしょ》した白い襷を掛けている。弦一郎への挨拶が終わると、こちらの岸辺に立った。

佐藤五郎は、他の小屋の者たちと一緒に船に乗り込み、向こう岸に渡った。

その者たちが全員向こう岸の所定の位置に立った時、

「参るぞ！」

御徒士頭の戸田八郎左右衛門《とだはちろうそうえもん》が、こちらの岸に並んでいる者たちに言った。戸田八郎左右衛門は、こたびの競技の合図掛かりを担当している。

「ようい！」

ドンという太鼓と同時に、戸田八郎左右衛門は、赤い旗を大きく振った。

一斉に水の中に飛び込む競技者たち。皆青い水を蹴《け》り、右手を抜き、左手を抜きして、向こう岸に泳ぎ始めた。

泳ぎは雁行が基本だが、これと決まっているわけではない。しかし流石《さすが》というか、いずれの競技者も泳ぐ姿は乱れもなく美しかった。

「熊谷の調子はどうだ」

弦一郎の背後から、古屋留守居が声を掛けてきた。

「はい、いつもの通りの泳ぎです」

「そうか……しかし、少し遅れているのではないか」

「速いばかりが良いとは限りません。速さと美しさです。熊谷さんは手足が長いから、泳ぎも美しく見えます」

「ふむ」

古屋留守居は、弦一郎の説明にほっとしたようだった。

いずれも甲乙《こうおつ》つけがたいなと弦一郎は感じていた。

判定は、御徒士の組頭二名と、出場する藩から籤に当たった二名、目付《めつけ》二名、南町奉行所の与力《よりき》二名、北町奉行所の与力二名合わせて十名の者が行っている。町奉行所が加わっているのは、警備の面での考慮もあるらしい。

ともかく、泳ぎがわかる人たちが審査するという訳ではないから、蓋《ふた》を開けてみないと、どんな点数がつくかわからなかった。

ひとつひとつの競技の点数は、ずらりと将軍の近くに並んだ審査役の背後にある大判の白い紙に書き出されることになっていた。

熊谷与左衛門が向こう岸に着いたのは五番目だった。皆も順々に岸に着くのが見える。

あちこちから、それぞれの贔屓《ひいき》筋に拍手が送られる。

岸に上がった熊谷与左衛門は、襷を佐藤五郎に掛けた。

すぐさま佐藤五郎が水の中に飛び込んだが、

「わっせ！　わっせ！　頑張れ！」

応援が飛び交う中、こちらの岸に到着したのは七番目だった。

弦一郎は、ふと御徒士組第七班が気になって目を凝らした。

鐘が淵で悦之助と武助に危害をくわえようとした者たちは出場しているのだろうかと思ったのだ。

だが、指揮官の塩尻の姿さえみえぬ。

――何かあったのか……。

ふと思ったが、なんと、次の団体演舞の時になって、あのふてぶてしい態度の塩尻が現れたではないか。

塩尻の横には、眉の濃い男が見えた。ただ、弦一郎たちに証文に拇印を押させられた若い御徒士の姿はなかった。

塩尻はちらとこちらを見た。

ふん、と鼻で笑ったような仕草《しぐさ》をし、それから無視するように、川のほうを向いた。

——奴は平静でいられるはずがない……。

そう思う弦一郎の胸も、実はさざ波が立っていた。

古屋留守居の意を汲んで何も言わなかった。だが心の内では、直臣《じきしん》を笠に着て、小栗藩の者たちに横柄《おうへい》な態度をとる塩尻は許せないと思っていた。

太鼓が鳴った。

襷渡しが終了し、次の競技に入るという合図だった。

次の演舞は、一組ずつ、将軍の前で演ずる団体演舞である。

太鼓や笛も使用していいことになっているが、その場合は当然だが、自分たちで演舞に合わせて音を出すことになっていた。

その演舞の順番を、昨日籤引きで決めたのだが、なんと、小栗藩は塩尻率いる御徒士組第七班の後になったのである。

しかも全体の順序としては、小栗藩は尻から二番目、前に演舞したものの出来が良ければ良いほど、相当強い精神で臨まなければ気持ちが負けて思うように演舞出来なくなるのではないか。

「これより、演舞の競技を行う」

戸田八郎左右衛門が大声で言った。

先陣は東北の二万石の岸原《きしはら》藩。

太鼓の音とともに岸原藩の四人の競技者は水に入った。

まず雁行で円を描きながら泳いでみせる。次の太鼓で、今度は一斉に両手を後ろに回して立ち泳ぎしながら手首から先をひらひらさせた。鳥が後ろに羽を広げて泳いでいるように見えるのだが、今にも沈んでいきそうな気もするのだ。

観衆から笑いが起こった。

すると、この時を待っていたように、岸原藩の指南役が大声で言った。

「ただいまのは、白鳥！」

見物人から今度は大声で笑う声がした。なにしろ、ごつごつした体つきの日焼けした侍たちだ。白鳥といわれても、それはないだろうというところか。

なにしろこのころになると、あちらこちらから町の者たちも弁当持参で繰り出して来て、土手に鈴なりになって見物しているのだ。

おゆきもお歌も、そしてあのおきん婆さんも、鬼政も、小栗藩の小屋近くで見物しているのが見えた。

お歌もおきんも、

「ひゃっ、ひゃっ、ひゃっ」

と大口を開けて笑っている。

おゆきは袖を口にあてて笑っていたが、おゆきの背後に、あのお美知という女も見物に来て、くすくす笑っているのを、弦一郎は見た。

古屋留守居は小屋の側に陣取って見ているから、お美知には気付いていないようだった。

「次、御徒士組一班！」

戸田八郎左右衛門の声が響いた。

この班の競技者四人は、手練《てだ》れだった。泳ぎも美しいし、笛の音に合わせて、額の鉢巻きに差していた白い扇子と筆を引き抜くと、立ち泳ぎをしながら、さらさらさらと文字を書いた。

そして四人が、書き上げた文字を横に並べるように立ち泳ぎして並んだ。

「天下太平《てんかたいへい》！」

第一班の指南役が叫んだ。

その後も、いろいろと趣向を凝らした演舞が出て来た。

合戦を思わせるように、四人が背中に幟旗《のぼりばた》を背負って泳いだ組や、なんと河童のような皿を頭に被って泳いだ組、大車輪《だいしゃりん》とかいう演舞で、ぐるぐるぐるぐる四人が輪になって回る演舞。

面白いが、これなら勝てると、弦一郎は自信を持ち始めていた。

「次は、御徒士組七班！」

いよいよあの塩尻の班だ。

太鼓の合図とともに水の中に泳ぎ出た御徒士組第七班は、

「馬《うま》、人《ひと》。馬、人」

塩尻が声を張り上げると、一人が水中で馬になり、もう一人がその背中に乗って進むという演舞を、馬と人の役を交互にさせて行った。

「次は、トビ魚！」

この演舞は、水中に四人が潜り、水面から上がってきた時には、一人がトビ魚のように、空に飛ぶという演舞だった。

これは拍手喝采を浴びた。

「小栗藩！」

いよいよ小栗藩の順番が回ってきた。

「落ち着いてやれ。さすれば間違いない」

弦一郎の言葉を受けて、仲居五郎、山田義之助、善助に留次郎の四人は水の中に入った。

太鼓に合わせて、まずは雁行で輪を作り、いよいよ四人は一斉に潜った。

次の瞬間、水面に現れた四人は、互いに手を繋《つな》ぎ合い、足を伸ばしてぱっと開いた。

まるで花が咲いたように見えた。

「江戸の桜！」

弦一郎が声を張り上げると、観衆から拍手が湧《わ》いた。

四人はまた潜った。そしてこんどは、両足を両隣の相手の足と繋いでいるように広げた。そして両手も広げて、ひらひらとやる。

「隅田の花火！」

弦一郎が声を張り上げると、拍手はいっそう大きく聞こえた。

また四人は潜った。

浮き上がって来た時には、一人が両手両足を伸ばして腹ばいになり、それを三人で担いでいた。前二人、足の方が一人。

担がれているのは小柄な善助だが、下で支える三人の立ち泳ぎも見事だった。弦一郎は声を上げた。

「おみこし！」

さらに一層の拍手を受けて団体の演舞は終わった。

競技二種終わったところで昼の弁当となり、その間に成績が発表された。

なんと小栗藩は三位だった。

「優勝も望める位置だ」

弦一郎は、餅食い競争に出る田中悦之助と武助を前にして言った。

「あとはお前たち二人にかかっている。頼むぞ」

「お任せ下さい」

武助は、きっぱりと言った。

餅食い競争は、二つに分かれて行われる。

川の中に伝馬船が二艘《そう》出ていて、その船の縁から水中に餅を十五個ずつ垂れ下げている。

ようぃドンで三十人が岸辺から潜って進み、その餅を口でくわえ取って戻って来るのだが、途中で苦しくなって水上に顔を出せば、そこからまた潜り直さなければならない。

水中で口にくわえて泳ぐというのが、なかなか難しいらしい。

太鼓が鳴った。

まず田中悦之助が潜った。誰が誰だかわからなかったが、悦之助はなんと一番で戻ってきたのだ。

小栗藩の小屋付近の応援が、躍《おど》り上がるほど賑やかだったのは言うまでもない。

次に武助が並んだ。

悦之助より武助のほうが潜りは達者だったから、弦一郎は安心して見送った。

武助は、応援席にひょいと手を上げ、皆と潜って行った。

悦之助と違って、武助の日焼けした体は、遠目《とおめ》にもよくわかった。

武助が誰よりも先に、引き返してきたことは確かだった。

あと人の背ひとつで岸に着く。手を叩くのを待っているその時に、空から何か白いものが降ってきて武助の前に落ちて沈んだ。

「あっ……」

弦一郎が息を呑んだその時、武助が手に握った白いものを持って顔を上げた。

「何をやってる」

叫んだが遅かった。武助は潜りなおしたが、手を突き出して岸に着き、後の一人に追い越された。結局二着で到着したことになる。

「すまねえ……」

岸に上がってきた武助は、古屋留守居と弦一郎、仲間たちの前で頭を下げた。

武助の膝には、ぐったりした白い鳥が乗っている。鳥の目のところに血が滲《にじ》んでいた。

鳥は、仲間と喧嘩して傷ついたか、あるいは大きな鳥に襲われて傷ついたか、上空で飛べなくなって落下してきたようだった。

「あっしは、思い出したんだ。自分が飼っていた鳩《はと》を……犬か猫に襲われて死んだ鳩のことが一瞬頭に浮かんで……それで……申し訳ねえ！」

「もうよい、これも小栗藩の運だ。それにな、まだひとつ競技は残っておる」

古屋留守居は、ちらと弦一郎を見て言ったのだ。

勝敗の行方は、弦一郎に託されたのだった。

「水中剣術試合は、二班に分かれて勝ち抜きとする。上位二人によって決する」

戸田八郎左右衛門が言った。

御徒士二十組で一人が勝ち抜き、十藩で一人が勝ち抜く。その二人で決戦するというのであった。

二手に分かれて試合が始まった。

なにしろ十藩の頂点に立つまで弦一郎の場合は、三人勝ち抜かなければならない。

一人目は九州の二万三千石の島川藩《しまかわ》の滝沢《たきざわ》という男が相手だった。

褌姿で鉢巻きを巻き、両手に竹刀《しない》を捧《ささ》げて岸から三間《げん》ほどのところで向き合った。

「いざ……」

竹刀を構えるが、下半身は水中にあり、沈まないように常に足を蹴り上げる。いってみれば立ち泳ぎの剣術で、これでは上半身で力のかぎり剣を振るうことなど至難のことだ。

二人は長い間睨み合った。

――早く決着せねば、疲れる。

弦一郎は思い切って、いったん深く沈みこみ、その反動で飛び上がると、相手にのしかかるようにして打ち込んだ。

だが相手は、これをなんなく受け止めた。だが、その体がぐらりと揺れた。水中では、少しの衝撃にも耐えるようなふんばりは難しいのだ。

「えい！」

弦一郎は、滝沢の肩を竹刀で打っていた。

「勝負あり！」

岸から審判の声が聞こえた。

その後も弦一郎は、二人目、三人目と勝ち進み、とうとう、大名側の代表となっていた。

流石の弦一郎も、水の中の試合は勝手がわからぬままの闘いで、疲れを感じていた。

「弦一郎の旦那、御徒士のほうは、なんと、あの塩尻ですぜ」

しばしの休息をしていた弦一郎の側に走って来た鬼政は告げた。

――あの男、剣術が出来るのか……。

そういうことなら、やってやろうじゃないか。

俄に弦一郎の胸には、激しい闘志が湧いていた。

「卑怯《ひきよう》な奴ですよ。聞いたところじゃあ、竹刀の長さが三寸から五寸ほど人より長くしてあるようです。それで皆負けた。そう言っておりやした」

「なるほど……」

確かに竹刀の長さは決められていなかった。

──よほど勝ちたい気持ちが強いとみえるな。

勝てば金一封が貰える。あちらこちらに借金を溜め、しかも吉原に通っている身となれば、金はいくらあっても足りぬのかもしれぬ。

「決勝を行う」

太鼓の音とともに、弦一郎は水の中に入って行った。

「ふっ、ふっ、お前には負けぬぞ」

竹刀を構えた塩尻は言い放った。

「悪いがそれはこっちの台詞《せりふ》だ」

弦一郎は言い返した。

「何！」

塩尻は険しい顔で睨んで来た。

間合いを取って竹刀を構えた。

塩尻の剣がどのようなものかはわからないが、自分の竹刀より長いことを考えると、へたに打ち込めば、初手《しょて》の一本で面か、あるいは肩を打たれる。

足を激しく動かしながら、弦一郎は塩尻を睨んで考えていた。

そのうちに、弦一郎は、後ろに押されていることを知った。

弱みをみせれば、即打ち込まれる。

弦一郎は、右に泳いだ。すると、相手も右に動いた。

——そうか。

弦一郎はひらめいた。塩尻は前へ進むのは得意だが、右や左に動くのは、竹刀が長いだけに、こちらより動きは鈍くなる。

弦一郎は心を決めた。右に右に動くと、塩尻も右に右に体を動かした。竹刀の先が、大きく揺れて焦点を見失っているように見える。

——よし。

弦一郎は、今度は左に左に動いた。

「いつまで逃げる気だ」

塩尻が、焦《じ》れて言い、左に左に動いた。

弦一郎は、また、右に右にと動き、塩尻がそれにつられて動き始めたその時に、

「やあ！」

突然塩尻の竹刀を横に払った。塩尻は、竹刀の重さで体が傾いた。

その額に、弦一郎は水中から飛び上がって打ち下ろした。

「勝負あった！」

岸から声がかかった。

「くっ……」

塩尻は、竹刀を水の中に放り出して睨んでいる。その額からは鮮血がしたたり落ちていた。

四半刻後、成績が発表された。

一位は御徒士組第三班。小栗藩は二位だった。

小栗藩の小屋から大きな歓声が起こったが、出場した者たちの間では、諸手《もろて》を挙げて喜べることではなかった。

将軍近くに進み出る御徒士組第三班の指揮官の姿が見えた。

だが、古屋留守居は、皆を集めて言った。

「よくやってくれた。四国の、誰も知らない小さな藩が二位になったのだ。殿もきっとお喜びになる。ごくろうだった。今日明日は、ゆっくり体を休めて、またそれそれのお役を務めてくれ」

するると、武助が泣き出した。

「あっしのせいです。あっしがあの時、馬鹿な仏心さえ出さなきゃあ……」

土手に頭をすりつけて悔しがる。

「武助、そんなことがあるものか。お前の優しい気持ちを、誰一人責めてはおらぬぞ。この俺も、みんなもな」

弦一郎が、武助の肩に手を置いて言った。すると、

「そうとも、お前は功労者だ。もう止めたいと言っていたみんなを引っ張ってくれたのは、お前じゃないか」

熊谷が言った。

「熊谷さん……」

武助が顔を上げると、

「武助！」

みんなが武助のまわりにあつまった。皆涙をにじませている。

「二月半、皆一緒に頑張ったんだ。誰のせいでもない」

「そうだ、胸を張っていいんだ」

走った。

十人は口々に言った。

いつのまにか固い絆が出来ていたのだと思ったその時、弦一郎の胸に熱いものが走った。

遠巻きに見ていたおゆきも、もらい泣きしている。

古屋留守居も頷いて立ち上がった。

ところがその時、戸田八郎左右衛門が走って来て言った。

「古屋どの、上様が小栗藩も一位だと申された」

「なんと……」

古屋留守居だけでなく、弦一郎ほか皆驚いて戸田八郎左右衛門の顔を見た。

八郎左右衛門はにこにこして言った。

「上様は餅食い競争で勝利を逃した者の訳をお聞きになりいたく心を動かされたご様子だ。鳥の命を救おうとして勝利を逃がしたが、その心根《こころね》は賞賛に値すると申されての。従って、小栗藩も一位とみなすと……」

十

その夜、小栗藩の藩邸では、ささやかな祝勝会が行われた。

上覧試合の会場では、古屋留守居と弦一郎、それに水練に参加した十名が、遠くからではあるが、家斉の前に平伏《へいふく》した。

「あっぱれであった」

賜《たまわ》った言葉はそれだけで、すぐに家斉はその場を立って引き上げたが、皆感無《かんむ》量《りょう》だったことは言うまでもない。

上屋敷に帰ってからは、今度は藩主の栗原忠清との対面があった。

「そなたたちのおかげで、わが藩の台所は大いに助かった。今後も励んでくれ」

そう言って皆をねぎらい、弦一郎にも、

「そなたの献身、恩に着る。余も大いに面目《めんぼく》を施《ほどこ》した」

奉書紙五束《そく》を弦一郎に下された。

紙は、小栗紙と呼ばれていて、楮《こうぞ》で漉《す》いている上質の品だと、側にいた古屋留守居が付け加えた。

山脈をひとつ越えれば有名な土佐紙の産地である。なかなか良質の紙を漉いても土佐紙の名が邪魔《じやま》をして他藩に認めてもらえぬが、使って貰えればわかるはずだとも古屋留守居は言った。

貧しい藩の百姓たちが懸命に漉いた紙だと思うと、弦一郎には忠清の気持ちが熱く伝わってきたのである。

どれほどの金を積まれるよりもありがたかった。

そして、水練に携わった面々には、特別の祝膳《いわいぜん》を出すよう忠清は台所方に命じたのだ。

酒も今日は存分に飲ませよとのことで、膳を前にした一同は、一生に一度あるかなしかの料理や酒を前にして歓声をあげた。

「ご苦労でござった。存分に疲れをいやしてくれ」

古屋留守居は、弦一郎の前にわざわざ足を運んできて、盃に酒を注いだ。

「私の力ではございません。皆にその能力があったのです。結束力の固さには私も教えられました」

「いやいや、おぬしの協力があってのこと。お陰で幕府に納める三百両が助かった。しかし、まさかのまさかだ。上様も粋《いき》なことをなさるものだな」

古屋留守居は、酔っているような口調だった。

「片桐さま」

一同は順々に弦一郎のところにやって来て、礼を述べた。

煌々《こうこう》と点《つ》いている燭台《しょくだい》の灯に照らされた皆の顔は、実に晴れやかだった。

弦一郎は、頃合《ころあ》いを見て、藩邸を出た。

四ツの鐘が鳴っていた。

夜気《やき》を浴びて歩き始めたその時、

「旦那」

薄闇の中から声がした。

「鬼政ではないか」

弦一郎は突然現れた鬼政にびっくりしていた。

「はい、旦那が出ていらっしゃるのをお待ちしていたんです。どうしてもご報告しておきたいことがあったものですからね」

「ほう、なんだ」

「塩尻のことです。今日、あの、上覧試合が終わったあとで、上役に呼ばれて厳しく叱責《しっせき》を受けたようです」

「……」

弦一郎は、鬼政の話を聞きながら、ふらりふらりと歩き始めた。

鬼政は、追っかけてきて横に並ぶと、話を継いだ。

「それればかりではございやせん。奴は御徒士の任を解かれました」

「何……」

「御徒士の偉い方は、若い御徒士から事情を聞いていたようです。どうしようかと思案していたところに、御奉行所に訴えられたという話が飛び込んできて……」

「誰に訴えられたんだ」

「旦那、おきん婆さんですよ……」

おきんは、なんとかして塩尻をぎゃふんと言わせたいと考えて、塩尻が借金をつくっている債権者たちに声を掛け、一丸となって町奉行所に訴えたのだ。

間の悪いことに、通っていた吉原の女との間にもひと悶着《もんちやく》あったらしく、塩尻は女の顔に怪我《けが》をさせていたという。

あっちからも、こっちからも訴えられて、上役はとうとう塩尻を御役御免《おやくごめん》とし、甲府《こうふ》に島流しすることに決めたというのである。

「小栗藩の小屋の柱を鋸で挽いたのも塩尻とわかっていますからね、もう、どうあがいても逃げられないと思います」

「そうか……」

弦一郎の脳裏には、今日の試合で、弦一郎の竹刀を額に受け、血を流しながら恐ろしい目で睨んできた塩尻の顔が過ぎった。

「ところで、旦那、お手当はいくら頂いてきたんですかね」

鬼政は言い、弦一郎の顔を覗いた。

「四両二分だ」

「二月半も働いて、四両二分とは……いったいどういう計算ですかね」

鬼政は呆れた顔をして笑った。

「いいのだ、十分だ」

弦一郎は、空に浮かんだ月を仰《あお》いだ。

気持ちは、その月のように澄み切っていた。

第二話　楠の下

一

「まさか、あんなところでおぬしに会おうとはな……」

弦一郎は、楠田織之助の盃と自分の盃になみなみと酒を注いだ。

二人は見合って盃を掲げると、静かに飲み干し、また見合って笑みを浮かべた。

二人とも安芸津藩の上屋敷に勤めていた身だ。弦一郎は留守居役を補佐して、そして織之助は納戸役として、安芸津藩主倉田《くらた》右京太夫《うきょうだゆう》信政《のぶまさ》の側《そば》近くに仕えていたが、二人で酒を飲むのはこれが初めてだった。

それが、思いがけず鐘が淵で再会したことで、まるで昔からの親友に出会ったような懐かしい気分になっている。

上覧試合が終われば二人で飲もうと約束していたのだが、それがやっと今日の待ち合わせとなったのだ。

「旨いな」

織之助が、飲み干した盃を目を細めて見た。

確かに旨い酒だと弦一郎も思った。

千成屋のお歌の店で飲む酒だ。いつもと変わりはないはずだったが、やはり安芸津藩時代の織之助と飲む酒は、格別の味がする。

「何から話してよいのやら……」

今度は織之助が、弦一郎の盃に酒を注ぎながら言った。

「みな、ちりぢりばらばらになってしまって、俺は女房を江戸に呼び寄せたんだ」

「ほう、それはよかった。もう慣れたかな、この江戸の暮らしに」

「木綿の着物を着て、裏店の女房たちと内職をしておる。俺の救いは、女房が何ひとつ愚痴《ぐち》をこぼさずに寄り添ってくれていることだ」

と言ってから、すまぬ、と頭を下げた。妻を亡くした弦一郎の心を慮《おもんぱか》ったようである。

弦一郎は、気遣いは無用だと手を振ってから、おぬし何をして暮らしているのかと訊いた。

「それだが、深川の佐賀町《さがちよう》に蔵が並んでいるだろう……あの蔵の見廻《みまわ》りをやっておる」

弦一郎は、頷きながら飲んでいる。織之助も盃を口に運びながら、話を継いだ。

「あの蔵を持つ商人たちが会所《かいしよ》をつくっていてな。俺はそこに詰めている。実際の見廻りは、三人の若い衆がやってくれるから、何か事がおこらぬ限りは、俺の出番はない。手当は安いが、楽な仕事だ」

「いいじゃないか。俺なんぞ、米びつの中を確かめながら仕事を探す有様だ。これが結構きつい」

弦一郎は笑った。だが、すぐに、

「とはいえ今日は懐は温かい。俺に払いは任せてくれ。何、仕事を探すのが大変だと言っても一人暮らしだ。遠慮はしないでくれ」

胸を張ってみせた。

口入屋の仕事をしているといっても、やはり弦一郎のほうが気楽な暮らしだ。

着ているものも、織之助は洗いざらしの木綿の着物だが、弦一郎はおゆきに押しつけられたとはいえ絹物を着ている。

「では、馳走になるか」

織之助はいたずらっぽく応えてみせた。

二人は笑った。

三年前まで安芸津藩の歴《れつき》とした武士だった二人が、今は浪人の暮らしを語り合って酒を飲む。楽しい話である筈がないのだが、なぜか心が弾んだ。

「それで、この間のあの事件は決着がついたのか」

織之助が訊いた。その手は忙しく鯛《たい》のあら炊きをせせっている。

今夜はお歌に言って、特別に作ってもらった料理である。

「うむ。こちらが直接手を下したわけではないが、まあ、少し気持ちはおさまったかな。奴は、一連の不届きが発覚したとして、甲府勤番を命じられたと聞く」

「それはよかった。御直参だといって何事も許される筈がない。外様は、些細《ささい》なことでも容赦なく減封か改易だ」

織之助の言葉には、かつての藩がお取り潰しになったことへの憤《いきどお》りが、ちらと顔を出す。

「まったくだ。あれが小栗藩でなかったら、塩尻という男、甲府勤番ぐらいではすまなかった筈だ。小栗藩が口を閉ざしていたからだ」

弦一郎はひとしきり、上覧試合の話をして笑わせていたが、織之助がふいに真顔になって言った。

「それはそうと、おぬし、安芸津藩が改易になった理由だが、家老が申されたことは真実だったのか、おぬし、そのことを考えたことがあるか」

「いや、詳しいこともわからぬままに藩邸を追い出されたのだ。詮索《せんさく》する暇もなかった……」

弦一郎の脳裏には、一気に三年前の改易騒動が浮かんできた。

あの日、突然藩士たちは上屋敷の大広間に集められて、家老の由比賀外記《ゆいがげき》から、藩が改易になったと聞かされたのだ。

集められた者たちにとってはまさに青天の霹靂《へきれき》、驚愕や疑問、不満や憤りがうずまく大広間は、異様な空気に包まれたことはいうまでもない。

由比賀家老は、改易になった理由を、苦渋の顔で説明した。

それによれば、お世継ぎ問題で二派に分かれて抗争が始まったお家の事情が幕府の耳に入ったのだと――。

右京太夫には、二人の実子がいた。一人は正室の腹から生まれた松姫《まつひめ》、そうしてもう一人は、国元の側室の腹から生まれた菊千代君《きくちよぎみ》だ。

このどちらに継承させるかで、密《ひそ》かに激しい権力闘争が起こっていたというのであった。

「しかも……」

由比賀家老は、ここで言葉を切ると、込み上げるものを押さえ込むように大きく息をついでから言った。

「皆には黙っていたのだが、殿は既に身罷《みまか》られておる」

「御家老！」

あちらこちらから、驚きの声が飛んだ。その声は、由比賀家老他、上座に座っている数人の重鎮たちを非難する声にも聞こえた。

藩士たちは、お家騒動のことといい、藩主逝去のことといい、藩の重大な事柄から蚊帳《かや》の外に置かれてきたばかりか、突然改易を告げられたのだ。

由比賀家老は、藩士を見渡し、宥《なだ》めるような口調で話を継いだ。

「松姫さまはいまだお相手も決まっておらぬ。菊千代君さまは御年十二歳で、上様にまだ御目通りもしておられなかった。つまり相続願いは未提出だったということだ。

お世継ぎなき藩はお取り潰し……これは三百諸侯周知のこと、そこを突かれればなにより反論も出来ぬ有様。せめて殿様が、藩取り潰しを知らずに旅立たれたことが、なによりの救いか……」

由比賀家老は声を絞り出すように言った。

あちらこちらから、嗚咽《おえつ》が聞こえてきた。

弦一郎も歯を食いしばって耐えていたが、溢《あふ》れてくる憤りと虚《むな》しさを押し殺すことが出来なかった。目に涙が滲《にじ》んだ。

由比賀家老は、三日後に慰労金を渡すが、それを受け取り次第藩邸を立ち退くようにと言い、以後は口をつぐんで目を閉じたのだ。

とりつく島もなかった。由比賀家老を責めたところで、今更どうなるものでもない。

寝耳に水、降って湧いたような悲劇の幕開けだったが、弦一郎たちは主家《しゆけ》の行く末を案じつつ、路頭に放り出されたのだった。

二人はひととき、盃の二、三杯ほどを飲み干す間、黙って酒を飲んだ。

主家廃絶を聞いた日の出来事が、またぞろ心底から甦り、瞬く間に胸を覆い尽くしたからだった。

織之助は、空《から》になった酒の代わりを階下に頼むと、座り直した後言った。

「おぬしは、松姫さまがどんな暮らしをなさっておられるのか知っているか」

「いや……」

弦一郎は首を横に振った。

「松姫さまは今、要法寺におられる」

と織之助は言った。

「何、安芸津藩の菩提寺《ぼだいじ》だったな」

「そうだ、寺内にある塔頭《たっちゅう》のひとつにお住まいだ。髪を下ろして清蓮院《せいれんいん》さまと名乗っておられる」

「なんと……」

弦一郎の脳裏に、顔の丸い、色白の松姫の顔が浮かんだ。

松姫には当時播磨《はりま》の高野藩《たかのはん》の若君との縁談が持ち上がっていたはずだ。

「おいたわしい限りだ」

織之助は言った。

「………」

「実はな弦一郎……」

感傷をふっきるように織之助は顔を上げて弦一郎をじっと見た。

「おぬしに打ち明けるが、俺は安芸津藩のお家再興がかなわぬものかと考えている」

「お家再興だと……」

「そうだ、安芸津藩で起こった後継者騒動は、どこの藩でも起きていることだ。しかし、幕府はもう、そんなことでむやみに藩のお取り潰しなどしてはいない。そんな時代ではなくなっている。それなのになぜ、わが藩だけが改易の憂き目に遭うのか不思議でならんのだ」

弦一郎は頷いた。

織之助の言う通りだと思った。

徳川幕府初期ならともかく、安芸津藩の改易騒動には、表に現れぬ何か別の理由があったのではないか。

弦一郎もそんな疑念に時折とらわれながらも、日々の暮らしに追われて、それ以上追求する余裕もなく今日まできている。

織之助は話を続けた。

「このような考えは、俺だけじゃない。この江戸で浪人になった藩士十名近くが同じ気持ちでいる」

「何……」

「おぬしも会えば、知っている者がほとんどだ」

「皆と会合を持っているのか」

心強く夢のある話だと思ったが、浪人十名ほどが集まってなにやら談合しているとなると、いらぬ誤解を招かないだろうかと、ふと思った。

「案ずるな。講《こう》の集まりということになっている。赤穂浪士《あこうろうし》じゃあるまいし、敵《かたき》がいるという訳ではない。真相を確かめて後、お家再興の嘆願が出来るものならと考えているだけだ」

「すると何か、その時に主と仰ぐお方は、菊千代さまか……」

「そういうことだ。右京太夫さまの血をひく歴とした人がおられるのだ。無理矢理どこからか縁者を連れてきて、という話ではない。菊千代さまは御年十五歳になられたはずだが、いまだ隣藩富岡藩《とみおかはん》お預かりの身だ」

「………」

弦一郎は、菊千代については、江戸の藩邸勤めになる以前に、国元でその姿は垣間見ている。

利発《りはつ》そうな顔をしていたが、病弱で、少し神経質だったというのが弦一郎の感想だ。

「どうだ……」

織之助は、弦一郎の反応を冷静に観察する目になっている。

「願ったり叶《かな》ったりの話だが、しかし、俺が仲間に入れれば、異《い》を唱《とな》える者が出て来るのではないのか」

弦一郎は訊いた。その脳裏には、改易になり、藩邸を出る直前の出来事が頭にあったからだ。

他でもない。執政だった義父笹間十郎兵衛《ささまじゅうろべえ》と妻文絵《ふみえ》の壮絶な自死のことだ。

弦一郎が、それを知ったのは、いったん郷里に向かうため上屋敷を出ようとした直前に手にした、国元の母龍野《たつの》からの手紙でだった。

母はその手紙の中で、しばらくそちらで暮らすように、今こちらに戻ってはならない、と強い口調で記していた。

領内は不穏《ふおん》な空気に包まれている。義父と妻の死で、そなたはなんらかの形で騒動に関与していたのではないかと見られているかもしれない。巻き込まれてはいけない。

入封してくる深山《みやま》藩から受けるであろう弦一郎への疑惑の目、また、浪人となった旧藩士たちも弦一郎に対して不審の目をもっているかもしれない。帰国はそれらの目が弦一郎に向けられなくなったころを見計らって帰ってくるようにと、母の手紙にはあった。

「おぬしが、かの事件に何の関わりもなかったことは皆も承知だ。むしろおぬしが仲間になってくれれば、皆喜ぶ」

「うむ」

と返事はしたものの、弦一郎の心は揺れていた。

義父の十郎兵衛が文絵を道連れに自害したのも、文絵を呼び戻す時に片桐の家との縁を一方的に切ったのも、全て義父が片桐の家に迷惑はかけられないと思ってのことだったに違いない。

必死に片桐の家を守ってくれた義父のことを思うと、この場ですぐに仲間に加わるとは言えなかったのだ。

「まあいい、そのことは、じっくり考えてみてくれ。ただ、松姫さまを一度お訪ねしてあげてくれぬか。きっとお喜びになるぞ」

織之助は言い、自分は時折、ご様子をうかがいに行っている、あのお方は……といつくしむような目で笑みを浮かべると言った。

「尼僧《にそう》になられて、いっそうお美しくなられた」

二

弦一郎が、かつての藩の菩提寺の境内《けいだい》に立ったのは、久方ぶりだった。

本殿までの参詣の小道には、砂が敷き詰められていて、そこに飛び石が続いている。

小道の途中には大きな銀杏《いちょう》の木が一本、天を突くようにそびえ、初秋の光を受けて枝を広げていた。

この小道の左右には苔《こけ》が張り付き、もみじの木が、その苔を守るように大きく枝を広げていた。

吹き渡る風は、もうすっかり秋の気配である。

——さて……。

弦一郎は立ち止まった。右手に折れれば松姫がいる清蓮院だが、左手に折れれば、藩主が眠っている墓地に入る。

弦一郎は、手水場《ちょうずば》に向かった。

桶《おけ》に水を汲んで、墓地に入った。

江戸藩邸に暮らしていた時、数度お参りに来ている。

墓地の前に立った弦一郎は、墓前に立ち上る線香を見て少しほっとした気持ちになった。

誰がいつ参ったのかわからないような、ただ風にさらされている墓前は寂しいが、墓には野の花も供えられていた。

弦一郎は花入れに水を差し、墓石を濡らして手を合わせた。

「殿……」

無沙汰《ぶさた》を詫びる弦一郎の胸は、次第に熱くなってくる。

「もし……」

弦一郎は、後ろから声を掛けられた。

振り返ると、下働きの女を連れた尼僧が立っているではないか。

「清蓮院さま」

弦一郎は慌てて尼僧の前に腰を落として頭を垂れた。

「そなたは、片桐弦一郎どの」

清蓮院は弦一郎を覚えていた。

語りかけてきた優しげな声に顔を上げると、羽二重《はぶたえ》の白い尼頭巾《あまずきん》を被った白い顔が、弦一郎を懐かしそうに見詰めていた。

「お久しゅうございます」

塔頭に戻って改めて清蓮院の前に手をつくと、

「よく参って下さいました」

清蓮院は言い、もう昔の松姫ではございません。お手をお上げ下さいませと促した。

松姫が何故尼となったのか、弦一郎には釈然としないものがあったのだが、

「母上も亡くなりました。絶家となった墓守《はかもり》を私がしないで誰がするというのでしょうか。幸い、こちらのご住職が何かと骨を折って下さって、ここにこうして暮しておりますことを、私はありがたく思っています」

清蓮院は涼やかな声で話してくれた。

弦一郎も近況をかいつまんで語った。

その話の中で、偶然、楠田織之助に会ったことを知らせると、

「楠田どのにはありがたく思っています。私も倉田の家が、このまま絶えてしまう

ことには耐えられません」

そう言うと立ち上がって、部屋の奥の戸を開けた。

すると、戸のむこうに、小さいが築山《つきやま》のある庭が見えた。

「このお庭は、ご住職さまのお話ですと、父上が生前寄進したとのこと……ほら、こちらにきてご覧なさい。あの築山に植わっているいろはもみじ……あれは藩邸のお庭から移植したものだそうですよ」

清蓮院は微笑んで弦一郎を手招いた。

弦一郎は膝行《しっこう》して、庭がのぞめる場所に膝を直した。

なるほど、築山に緑の手を広げたもみじが植わっていた。築山の下には小さな赤い小橋が架かっていて、ひょうたんの形をした池もあった。

赤い鯉《こい》が泳いでいるのも見えた。

「あの鯉も、父上が……」

清蓮院は、ふふふと笑った。

清純な色気が、清蓮院の体を覆っている。

三年経つ間に、松姫は上品な女の色気を醸《かも》し出《だ》す美しい女性になっていた。尼頭巾など被らずに、黒髪で豊かに髪を結《ゆ》い、美しい錦の着物を召《め》されたら、どんなにかあでやかな姿だろうと思わずにはいられない。

松姫が哀れだった。その哀れな姫を、これまで一度も慰めに訪れることがなかった自分を、弦一郎は責めた。

弦一郎は、自身の暮らしを含めた近況を語り、これからは時々ご機嫌をうかがいに参りますと告げると、清蓮院は喜んだ。

話し込んだのは、ほんのひとときと思っていたが、俄《にわか》に庭に出来た日の陰りが落ち、近くにある増上寺《ぞうじょうじ》の時の鐘が七ツを打ち始めた時、弦一郎は一刻近くも話しこんでいたことに気付いて驚いた。

下女がいるといっても、清蓮院は女である。これ以上の長居《ながい》は迷惑を掛けると、暇乞《いとまご》いをすると、

「片桐どの」

真顔で呼び止めた。

弦一郎が見返すと、

「弟の菊千代は富岡藩で暮らしておりますが、十五歳になりまして、先日元服の式を挙げ、名を信芳《のぶよし》と改めました……」

弦一郎の目を、清蓮院の目はとらえている。

「信芳さま……菊千代さまが倉田信芳さまですか」

弦一郎は感慨深げに言った。

「はい、いまさら詮《せん》ないことですが、どんな形でもよい、弟に家督《かとく》を継がせることが出来なかったのかと、悔しく思います。どうか、片桐どのも、もし、かつてのお国に行かれる機会がございましたら、どうぞ、弟に会ってやって下さいませ」

清蓮院はそう言ったのだ。

お家再興という言葉は出さなかったが、清蓮院もまた、あの織之助と同様に、藩お取り潰しについては、受け入れがたい気持ちがあるようだった。

「承知致しました。かつての安芸津藩にはまだ母がおります。あちらに参ります時には、きっと姫様のお気持ちやお暮らしを信芳さまに伝えましょう」

弦一郎は約束をして寺を後にした。

――いい機会だ、一度母に会いに帰ってみるか……。

清蓮院に会った帰りに、日本橋の魚屋で買い求めたさんまを焼きながらぼんやり考えていると、

「旦那、焦げてますよ」

土間に入って来たのは、口入屋の万年屋金之助だった。

「ほんとだ」

慌ててひっくり返したが遅かった。

煙を出していた脂に火がついて、一気に煙が立ち上る。

「あち、あち、あち……」

大慌てで菜箸《さいばし》でつまみ上げたが、ぽとり、と土間に落としてしまった。

「あぁあ」

金之助がため息をついた。

「何が、あぁあだ。お前が入ってきたから、こうなったのだ」

つい、なんとも情けない言葉が口をついて出た。

「冗談じゃございませんよ。あたしは、焦げていると教えてあげたまでのこと、何を考えていらしたのか、ぼうっとしていたのは旦那のほう、旦那が落としたんですから」

「金之助」

「ふっふっ、おおかた、美しい女性《にょしょう》にでも会ったのでしょうな」

「な、何を言うのだ」

「おや、その慌てようは図星《ずぼし》のようでございますね」

「馬鹿、勘違いするな」

「あっ、わかりました。だったら、おゆきさんのことですね、そうでしょう？」

金之助は楽しそうに笑った。

「嫌な性格だな、金之助は……これ以上俺をからかうと容赦はせぬぞ」

「はいはい、わかりました。あたしだって、旦那をからかうためにやってきたのではございません。どうしても、あなた様にお願いしたいことがあるのだとおっしゃるお客さまがございましてね」

にやりと笑う。

「仕事か」

「はいな」

「つたく、それならそうと、早く言わんか」

弦一郎は、さんまの埃《ほこり》を払うと、台所の大皿に盛った。

焦げたところがあると思ったら、半焼きで、まだ生のところがあるようだ。もう一度焼き直さなければ口に入れられそうもない。

「で、いったい、その客というのは、何処《どこ》の誰だ」

さんまから目を金之助に向けた。

「それが旦那……」

金之助は、上がり框に腰を据えると、さも楽しそうに、

「あの、小栗藩です」

と言ったのだ。

「なんだと、小栗藩だと」

「はいな」

「駄目だ駄目だ。俺は大事な用事を思い出したのだ」

またぞろ、水練の指南役のような厄介な仕事なら、もう引き受けられない。それに、今懐に路銀《ろぎん》があるうちに、母に会いに国へ帰ってきたいと考えていたところだ。また、清蓮院から頼まれた、弟君の信芳に会う目的もある。

「そんなことをおっしゃらずに、袖《そで》振り合うも多生《たしよう》の縁《えん》とか申します。いいえ、もう、どっぷりと、小栗藩との縁は深いのではございませんか。その小栗藩が切羽つまって、ぜひ旦那にお願いしたいと言ってこられたのです」

「しかしだな」

「旦那、ここでうんとよい働きをなされればですよ。小栗藩の藩士にどうだと、そう

いう話になるかもしれませんよ」

「いやいや、俺にはとても無理だな」

小栗藩の倹約節約、いや、貧しさを目の当たりにしてきた弦一郎は、仮に藩士にと言われても二の足を踏む。

話を打ち切って、さんまの焼き直しに掛かろうとする。だが、

「とにかく、行って頂きますから」

金之助は突然怖い顔で言い、

「あたしだって引き受けた責任がございます。そのような勝手をおっしゃるのなら、この先、あなた様に仕事をお世話することは、控えさせていただきます」

なんと脅しを掛けてきたのだ。

「金之助！」

「そりゃあ、人には出来ることと出来ないことがございます。旦那が話をお聞きになって、出来ないというのなら致し方ございません。だけども、たまたま懐が温かいのをいいことに、あたしがわざわざ持って来た仕事を断るのなら、金輪際《こんりんざい》おつきあいは致しかねます」

「まったく、お前も相当な男だな。行けばいいんだな。行って、出来ない仕事なら

断ってくるぞ」

「はい、それで結構です。先方はお急ぎのようでした。明日昼前にでもお出かけ下さいませ。それでは」

よっこらしょ、などと、ほっとした声を出して立ち上がると、雪駄《せった》をちゃらちゃら鳴らして金之助は帰って行った。

三

「あれからひと月近くになるかな。水練上覧試合の興奮も、ようやく静まったところだが、実はそなたに頼みたい用件が出て来たのだ」

古屋留守居は、人なつこい表情で弦一郎の顔を見た。

「万年屋から聞きました。ですが、果たして私に出来るものなのかどうか……」

早くも煙幕を張った弦一郎に、

「片桐どのをおいて他にはいないと考えたのだ。これはわしだけの考えではござらぬぞ。殿も、ぜひそなたに頼んでみてはどうかと仰せられての」

「………」

「そなた、万年屋の金之助の話によれば、小野派一刀流の流れを汲む無心流《むしんりゅう》の目録を持っておるとか」

古屋留守居は、なんでも知っておるぞという顔で訊いた。

「確かに万年屋には、そんな話も致しましたが、目録といっても、この江戸で受けたのではなく、安芸津藩の田舎道場でのこと、万年屋が考えているような腕はございません」

仕事が欲しくて、最初万年屋にあれもこれもと大げさに話したことが悔まれる。

しかし、かと言って、まさか万年屋がべらべらと吹き込んでいたとは思いもよらなかった。

苦虫を噛み潰す思いで弁明したが、古屋留守居はいっこうにそんなことは意に介せぬ顔で笑った。

「謙遜《けんそん》されるな。水中での剣術試合を見てわかっておる。わが藩には、そなたほどの腕の者はおらぬ」

「……」

「今度の仕事は、剣術に覚えがなくては務まらぬのだ」

「すると、身に危険が及ぶような仕事だと……」

「さよう。国元に出向いて調べてほしいことがある」

「この私が、小栗藩の御領地で何を調べるのですか」

怪訝な顔で訊き直した。奇っ怪なことを言うものだと思ったのだ。

江戸のことならともかく、小栗藩の国元にまで出向いて調べろとは、解《げ》せなかった。

「そなたに頼みたいと申されたのは殿だ」

「殿様が……」

「実はな、片桐どの……」

古屋留守居は、弦一郎の顔をじっと見詰めると、

「国元で一大事が起こったのだ」

苦々しい顔で言った。

古屋留守居の話によれば、それは一昨日、国元の家老から来た手紙で知ることとなった。

隣接する天領の代官の家来と、小栗藩郷方廻《ごうかたまわ》りの味岡征四郎《あじおかせいしろう》という男が、国境で斬り合いになり、味岡征四郎はこともあろうに、相手を斬ったというのである。

斬り合いになった事情は、国境の山中で出没するイノシシを追っていた百姓たちが、天領内にまで踏み込んでイノシシを射止め、それを持ち帰ろうとしたところを

代官の手代に見つかった。

山中で揉めているところへ、報《しら》せを受けた郷方廻りの味岡征四郎が駆けつけたが、ことは解決するどころか、更に大きな騒ぎとなった。

イノシシは貧乏藩の百姓たちにとっては、いざという時の食料になり、また薬にもなっている。

そこで藩では、秋に入ると、翌年の節分《せつぶん》まで、イノシシを獲ることを許している。

味岡征四郎は、そういった藩の事情を説明したらしいのだが、相手は頑《がん》として聞き入れず、あげくは斬り合いにまで発展したようだ。

味岡征四郎は斬り殺すつもりはなかったと証言したらしいが、そんな言い訳が通るはずもない。

小栗藩ではただちに味岡を幽閉し、天領の代官所と交渉を始めたが、代官所は味岡征四郎の首を差し出さなければ許さぬと言ってきたというのである。

困り果てた国家老は、藩主に裁断《さいだん》を求めて書状を寄越してきたというのであった。

「そこでだ」

古屋留守居は、息をひとつ整えてから話を続けた。

「殿は迷っておられる。もう少し詳しいことがわからなければ、藩士を死においやることはできぬと申されてな。それでそなたに事件の真相を調べてきてもらいたい……そういうことだ」

「………」

「殿は、こうも申された。そなたに公平な目で見、公平な耳で聞き、それを知らせてほしいとな。この仕事、藩士では務まらぬのだ。仮に藩士に調べさせれば、むこうは警戒する。身分を隠して調べるという手もあるにはあるが、先入観を持った調べになることは必定《ひつじょう》、公平さにおいて問題がある。それに、調べた者が後で藩士だとわかった時には、その中味がどうあれ、真実かどうかを問われることにもなる。第三者の目が必要なのだ」

「………」

「どうだね、頼まれてもらえまいか」

「ううむ」

弦一郎は、腕を組んで目をつむった。

水練の指南役も大変な仕事だが、人の命に関わるようなものではなかった。ところが今度は、弦一郎の調べによって人ひとりの命が左右されるという由々しき事態である。

――果たして、そのような重大な任務がこの俺に果たせるものか――。

心を決めかねていると、

「片桐どの……」

古屋留守居が、返事を促すように声を掛けた。

弦一郎はきっと目を開けた。

すると、皺《しわ》深い窪《くぼ》みの奥から、妙に人なつこい古屋留守居の瞳が弦一郎に向けられているではないか。

「古屋さま、諍《いさか》いには、双方の言い分がある。また人の調べることには限界もある。完璧を期すという訳にはいかない。私が調べた結果、小栗藩が不利だった場合は、どうなさるのか」

「ありのままを受け止める。また、調べの結果でそなたに責任を問うことはない。約束しよう。ただ、虫のいい話だが、小栗藩としては、まず第一に、藩お取り潰しなどにならぬよう決着したいということだ。そして願わくば、藩士も助けられれば……この老体に免じて助力を頼みたい」

古屋留守居は頭を垂れたのである。

――負けた……。

この男にはかなわない。

「わかりました。お役に立てるかどうか、やってみましょう」

弦一郎はついに腹を決めたのだった。


「弦一郎さま、くれぐれもお体にはお気を付け下さいね」

「あっしが必要ならご一報を……何千里あろうと、すぐに飛んでまいりやすから」

茶屋で弦一郎と歓送の盃を交わしたおゆきと鬼政は、凛々《りり》しい姿で二人の前に立った旅姿の弦一郎に言った。

「おゆきさんも鬼政も、ありがとう。帰りは二月《ふたつき》先か、或《あ》いは三月《みつき》先になるかわからんが、長屋を頼む」

弦一郎も笑顔で応える。

長屋に家族がいる訳ではない。長屋を頼むと言っても、畳の部屋に置いてある小栗藩の殿様から貰った紙のことを言ったのだ。

上質の、滅多に手にすることのできない紙だとわかって、部屋の隅に油紙を被せて置いてあるのだが、盗まれたり、なにかの拍子に雨に濡れたり、はたまた火事にでも遭って焼失しないかと気がかりだった。

「ご安心下さいませ。私がお店の蔵にちゃんと保管しておきますから」

おゆきは微笑んで言った。声はしっとりとしていて、今日はいやに艶《なま》めかしい。紅碧《べにみどり》に染めた絹の着物に、紗綾形文様《さやがたもんよう》の入った濃い茶の上品な帯を締めたおゆきは、絵から抜け出たように美しい。

しばらく会えないと思う心がそうさせるのか、正直、弦一郎は、この場にいるのが二人だけなら、手のひとつも握ったに違いないと、ふと思った。

「それじゃあな」

弦一郎も笑い返して、手をひょいと上げると二人に背を向けた。

武助が、担いでいる荷物をカタカタ鳴らしてついてくる。

武助は荷物持ちの小者として、古屋留守居がつけてくれたものだ。

その荷物の中には、弦一郎の下着や替えの着物、それに薬などが入っていた。おゆきが揃えてくれたものだった。

「武助、急ぐぞ。一日でも早く国に入らねばならぬ」

なにしろ、四国小栗藩は遠い。

予定では、江戸から東海道を京に上り、伏見《ふしみ》の船着き場までが十三日。そこから淀川《よどがわ》を下って大坂《おおさか》の藩の蔵屋敷に到着し一泊するが、大坂からは船の旅になる。これがおよそ八日か十日、小栗藩に着くのは二十日も過ぎたころになるのだ。

とはいえ、まだ旅は始まったばかり、行きはよいよいで、弦一郎の足は軽い。

「片桐さま、片桐さまは女の人にもてもてですね」

どうやらおゆきのあでやかさに圧倒されたのか、武助はそう言って、くすくす笑った。

「もてるものか」

「そうでしょうか。おゆきさんの目は、まるで許嫁《いいなずけ》を見るようでしたぜ」

「馬鹿な、俺がやもめなのを哀れんで世話を焼いているだけだ」

「またまた」

武助は笑って、

「片桐さまを思う女子はおゆきさんばかりではありませんからね」

「ったく、下らぬことを言うものだな」

照れて叱り調子に言ったあとは、はぐらかすためにとりとめのない話をして歩いたが、二人は早くも、今日宿泊予定の戸塚《とつか》宿に入った。

宿は『杉田屋』と決まっている。常々小栗藩が泊まる宿で、宿の格は脇本陣、宿場の中ほどにあるらしい。

「もうすぐでございます」

武助が行く手を指したその時、右側の旅館から、

「助けて！」

女の声が上がったと思ったら、ならず者風な男二人が、旅姿の女の襟《えり》を摑んで出て来た。

驚いて立ち止まった弦一郎に、背中に荷物をくりつけた町人が走って来て縋《すが》った。

「お助け下さいませ。お嬢さんが因縁をつけられて」

「何……」

放っておけない弦一郎は、騒動を起こしているならず者につかつかと歩み寄り、その手を、後ろからねじ上げた。

「いてて、何するんだ」

「皆迷惑をするのだ。失《う》せろ。言うことを聞かないのなら、この腕へし折るぞ」

一喝すると、

「わかったよ、放してくれよ」

男たちは、ろくに弦一郎の顔も見ずに走り去った。

「ありがとうございました」

礼を述べた女はなんと、お美知ではないか。白い頭巾で頭を覆い、短く着物を着て、手には菅笠《すげがさ》、手甲脚絆《てっこうきゃはん》の姿で、弦一郎は気付かなかったのだ。

「どうしたのだ、こんなところで」

「私、小栗藩に参るところです」

「何……」

「国元のご先祖のお墓参りです。ちょうど祖父の三十三回忌だと聞きましたので、父にかわって法要をと思いまして」

「そうか、お美知さんも国は小栗藩だったのか」

武助が弦一郎の耳に囁《ささや》いた。

「お美知さんは、古屋留守居のお嬢さんですぜ」

「何と……すると、お父上の言いつけで参っているのか」

「いえ、父は知りません。私の一存です」

すると、お美知の供の、先ほど助けを求めた中年の男が言った。

「いかがでしょうか。お聞きするところ、小栗藩に参られるご様子、私たちもご一緒させて頂けませんでしょうか」

「いや、それは駄目だな。俺たちは物見遊山《ものみゆさん》ではない。お役目の旅だ。申し訳ないが、お美知さん、一緒には参れぬ」

弦一郎は、きっぱりと断った。

「弥次郎《やじろう》、いいんですよ。私たちは私たち、参りましょう」

お美知はにこりと笑うと、弥次郎という男を促して去って行った。

四

弦一郎と武助が、伊予《いよ》の小栗藩に到着したのは、江戸を出てから二十二日目、九月も末のことだった。

船を下りてから半刻は歩いたと思うが、遠くに四国山脈を望むわずかな平地に、民家が集まっていて、御館だと武助が教えてくれた藩主の住まいは城ではなく平屋だった。

何千坪あるだろうか、御館の庭は濃い緑に覆われていたが、門を入ってよく見ると、梅の木が多く、また、柿の木が沢山の実をつけていた。

「梅の木も柿も、領民たちの食料のひとつです」

武助は言った。

御館の玄関で、古屋留守居の書状を差しだし、国家老に取り次ぎを頼むと、すぐに奥の書院に通してくれた。

武助は玄関脇で待ってくれている。弦一郎は一人で書院に入った。

すぐに茶が運ばれてきた。菓子はなかった。

小栗藩の事情は聞いていたから驚かないが、出された茶も旨いと感じる代物《しろもの》ではなかった。

「待たせてすまぬ」

まもなく、中年の太った男が入って来た。

木綿の着物を着ているが、弦一郎が運んで来た手紙を持っているところを見ると、家老に違いない。

この藩では家老まで木綿で過ごしているらしかった。

果たして、

「家老の神尾内匠《かみおたくみ》だ。遠路ご苦労でござった」

品定めをするような目で神尾家老は弦一郎を見た。そしてすぐに、

「なるほど……そなたが片桐弦一郎どのか。江戸からの報せでは、水練指南で見事

な采配をふるってくれたそうだな。この目で見てみたいものよと思っていたが」

頬に笑みをうっすらと浮かべた。だがすぐに顔を引き締めると、

「こたびはまた、厄介《やっかい》なことを頼んだようだが、頼むぞ。留守居のこの手紙にあるように、そなたの調べを待つとしよう。ただ、長い時間は掛けられぬ。話がこじれており猶予《ゆうよ》がない。つい先日も、味岡征四郎の首を差し出せば談合に応じようと言ってきた。天領の面子《メンツ》にこだわって一歩も引かぬ構えゆえ、困窮しておる。先方の言いなりに味岡を差し出せば、領内の者は黙ってはおるまい」

弦一郎は頷いた。俄に藩内の逼迫《ひっぱく》したものが伝わってきた。

狭い領地の小さな藩だ。ひとつの事件がきっかけで、藩内に乱れが生じるのは免れない。

「なにしろ今、藩士には半知借《はんちか》り上《あ》げを行っていて、百姓たちにも年貢五割を頼んできている。藩士一人犠牲にするような弱腰をさらせばどうなるか……。舵取りを間違えれば、つまりわが藩に非がないにもかかわらず、白い物も黒と認め、先方の言いなりになった場合には、領民は皆、国の誇りはどこにあるのかと、そんな屈辱的な判断しか出来ぬ藩庁《はんちょう》なのかと、怨嗟《えんさ》の声が一気にあがるのは必定」

「……」

弦一郎は、じっと聞いている。

「そうなった時には、領民は一丸となって筵旗《むしろばた》を立て、藩庁に押し寄せるのではないか。いや、それならまだいいほうだ。小栗藩に見切りをつけて、逃散《ちょうさん》、欠け落ち、はたまた出奔《しゅっぽん》と、百姓も藩士も国を捨てて出て行くかもしれぬ。今わが藩は、難所に立たされているのだ」

険しい顔で弦一郎を見た。

「いったい、猶予は……どれほどの日数があるのですか」

水練の時と同じく、またもや、仕事を引き受けたことを、ちらと後悔しながら弦一郎は訊いた。

「そうだな、出来れば半月、遅くてもひと月の間に調べがつけばいいのだが……それを過ぎれば相手も最終決断を迫ってくるのは目に見えている。味岡を差し出す他はない」

「……」

弦一郎は、大きく息をついた。

「難しい調べだということはわかりきったことだ。万が一、半月を過ぎても、相手を説得する材料がなければ、味岡を差し出す。そのつもりだ」

「わかりました。藩のお力になれるかどうか、全力を尽くしてみます」

弦一郎は退出し、神尾家老から指定された宿屋に向かった。

この藩の唯一の陣屋町《じんやまち》だというその町に、宿屋の『藤田屋《ふじたや》』はあった。町といっても、東海道にある宿場町程度の町だ。しかも宿屋は、この一軒だけで、逗留《とうりゅう》客も弦一郎の他には、富山の薬売りが二人泊まっているだけのようだった。

武助はこの宿屋に入ったところで、

「片桐さま、あっしのお役目はここまでですが、家は泣き虫地蔵の近くです。何かお手伝いすることがありましたらお呼び下さいませ」

そう言って帰って行った。

宿屋の女中がすぐに二階に案内してくれたが、間もなく宿屋の主《あるじ》の藤蔵《とうぞう》という男と、女房のおしかが挨拶にやって来た。

「御家老さまからお聞きしています。不自由のないようお世話させて頂きます。ただ、食事については、お江戸の人にはご不満かもしれません。この宿屋で上のお膳をというご指示ではございますが、贅沢は御法度《ごはっと》という藩の決まりがまずございますので、これはと驚かれると存じますが、どうぞご辛抱下さいませ」

にこにこして言ったが、なるほど、夕食に並んだ膳の料理を見て驚いた。

酒は一合入りの銚子《ちょうし》がついたが、肴はつけものと芋《いも》の煮染《にし》め、豆腐にめざしが二四、そして、少し茶色がかったような古米の飯が茶碗に山盛りに盛られていた。街道筋の安い宿屋でも、もう少しましな膳がついたなと思いながら箸をとった。

「ふむ……」

味は悪くはなかった。煮染めに黒砂糖を使っているなと思った。ふと、水練の小屋を見に行った時に、古屋留守居がくれた黒砂糖の塊《かたまり》を思い出した。どうあれほっとしたのか、ちらとおゆきの顔を思い出したりして夕食を済ませると、

「ごめん下さいませ」

主の藤蔵に連れられて、一人の武士が入ってきた。

「戸田吉三郎《とだきちさぶろう》と申します。徒目付です。御家老から申し聞かされて参りました。明日から私が同道します。ただし、あちらに藩士だと気付かれないように町人の形《なり》で参ります。片桐さまは領内で行われている産業育成のために滞在なさっている指南役、そして私は片桐さまが連れてきた供の者ということでお願いします」

戸田吉三郎は、人なつこい目で言った。まだ二十歳前後、弦一郎より四つ、五つ若いなと思った。

「ありがたい、大いに助かる。早速だが、明日一番に味岡征四郎に会いたい」

「承知致しました。まずは、今夜は、旅の疲れをお取り下さいませ。明日お迎えに参ります」

吉三郎はそう言うと帰って行った。

「味岡さん、味岡さん」

戸田吉三郎が庭から部屋の中に呼びかけると、月代《さかやき》が伸び、口の周りの無精髭《ぶしょうひげ》も伸ばしたままの、青白い顔をした痩せた男が縁側に出て来た。

家は古い百姓家の平屋で、家の周りは竹矢来《たけやらい》で囲み、見張りが二人ついているが、牢格子中にいるわけでもなく、また座敷牢に閉じ込められているわけでもなかった。

ただ、家屋は古く、味岡征四郎が起居《ききょ》している部屋には畳は敷いてなかった。障子戸はついているが、紙は茶色になって破れ、障子の桟も折れている箇所《かしょ》がいくつもあった。

征四郎は、縁側に出て来て膝をついた。

「味岡征四郎でございます」

二人を見迎えた征四郎は、町人姿の吉三郎と、旅装に二本差しの弦一郎の姿に、怪訝な顔をした。

「味岡さん、この方が、昨日話した片桐弦一郎さまです」

吉三郎が弦一郎を紹介した。

「話はこの戸田さんから聞きました。よろしくお願い致します」

征四郎は手をついた。勤勉で律儀、地道に役目を果たす者、そんな印象を征四郎の雰囲気から受けた。

「事件については、おおよその話は聞いている。これからひとつひとつ私なりに検証していきたいと思っている。それについては、何よりも渦中の当人の弁を聞きたい。そう思って参った。何でもいい、思っていることを打ち明けてくれないか」

弦一郎の言葉に、征四郎は深く頷いた。そして、

「覚悟は出来ております。ただ、ここで一月《ひとつき》半を過ごしましたが、ひとつ気が付いたことがあります。これは、口に出すのもはばかられることですが……」

征四郎は考えこむ目になって、

「代官所の者たちは、あの山にある白目金《しろめきん》を盗掘していたのではないかという考えに至りました」

と言ったのである。

「何、盗掘だと……白目金とはなんのことだ……」

聞いたこともない鉱物の名に、訊き返すと、

「はい、白目金は輝安鉱《きあんこう》ともいわれているのですが、国境近くに鉱脈があり、藩では初代の時代より必要に応じて掘り継いできています。これまでは大量に掘ることはなく、大切な献上品のひとつとして、その都度《つど》坑内に人を入れておりました。ギヤマンのような光を放つ美しいものですから、近頃では愛好家もたくさんいます。また、最近になって、長崎《ながさき》で取引される輸出品のひとつに上げられていて、今後藩の台所を大いに助けてくれるに違いないと期待している藩にとっては大切な鉱石です」

「すると何かな、幕府代官所の手代はそれを盗《と》りに山に入っていたというのか……」

「そうです。その洞窟《どうくつ》は一応囲いはしてありますが、藩士の数が少なく、常に見張りを立てることは出来ません。あそこに鉱石があるということを知らない者はたくさんおります。領内の者ですらそうですから、私はあの時、まさかと思った訳です。すぐに斬り合いになって確かめることは出来ませんでしたが、なぜ、あんな場所に代官所の者が来ていたのか、ずっと考えていました。木こりやマタギや、百姓が

茸《きのこ》採りをしたり、野うさぎやイノシシを追って山に入ることはあっても、めったにあの場所に行く者はおりませんから……考えた末に出た私の推論です」

「わかった。それも頭に入れて調べてみよう。ところで、ここに幽閉《ゆうへい》されて一月半と聞くが、家族とは面会しているのか」

「いいえ、いっさい禁じられております。ただ、衣類の洗濯などは許されておりますから、内儀の衣与《いよ》さんが、着替えは届けているはずです。そうですね」

吉三郎が味岡に念を押すように言った。

「そうか、会ってないのか……」

弦一郎が呟いた時、征四郎がひと膝寄せて言った。

「片桐殿、妻への伝言を頼めぬものでしょうか」

弦一郎は、征四郎を見詰めたまま無言で頷いた。

「恩にきます。妻には、このように伝えて下さい。たとえ殿様から切腹を賜《たまわ》ったとしても、けっして恥じるなと……また倅《せがれ》には、胸を張って生きよ、百姓たちのために働けと……」

「承知した……と言いたいところだが、その言葉、その時に、おぬしの口から伝えればよい。それに、まだ切腹と決まった訳ではない」

弦一郎は、強い調子で言い残し、立ち上がった。

無精髭を生やし、蒼白《そうはく》の顔をした征四郎の頬が、一瞬薄く血に染まったように見えた。

征四郎は端座《たんざ》したまま、弦一郎たちを見えなくなるまで見送っていた。

二人は、百姓家を出たあと、しばらく黙って歩いた。

征四郎が幽閉されている家は、陣屋町からは随分と離れた山の斜面にあり、麓《ふもと》への道は悪い。足下に注意を払って二人は無言で歩いた。悽愴《せいそう》な面持ちで処断を待つ征四郎に会ったことが、二人の心を重くしていた。

小栗藩は両脇を山肌に挟まれたような土地である。平地は少なく、顔を上げれば険しい山の連なりが目に飛び込んでくる。

「あれが石鎚山《いしづちやま》です」

吉三郎は、立ち止まって遠くにそびえる山を指した。

「うむ……」

天を突くような山の頂《いただき》は、まるで弦一郎のこれからの仕事を阻むようにも見えた。

野の道にようやく降り立った時、吉三郎は弦一郎に路傍にある腰掛けの石を勧めた。

二人は並んで座った。吉三郎は持参した竹筒の冷水を、これまた竹の湯飲みに入れて弦一郎に勧めた。

渇いた咽喉《のど》に、水は染み渡った。

吉三郎が、山を眺めながらぽつりと言った。

「味岡さんは、ほんとについてない人です。これは誰もが口をつぐんで話すことはありませんが、小谷《こたに》の古寺に閉じ込められている、殿様の元側室磨須《ます》さまは、味岡さんの許嫁だったんですからね」

吉三郎はため息をついた。

「いったいどういうことだ。順を追って話してくれんか」

弦一郎の問いかけに、吉三郎は苦々しい顔で打ち明けた。

今から七年前のことだ。

味岡征四郎の許嫁だった磨須は、父親である江戸の留守居役桑山勘兵衛《くわやまかんべえ》の意を受けて、殿様が帰国した折に、殿の世話掛かりとして側に仕え、まもなく殿の心を射止めて側室となった。

貧しい藩では、昔から側室は一人と決まっている。その座を磨須は、許嫁であった征四郎を袖にした上で、手にしたのである。

殿には、江戸の上屋敷にいる正妻には子がなかった。

磨須はすぐに子を孕《はら》んで女児を出産、領民たちも、次期藩主はその姫の婿がなるのだろうと思い始めていた。

するとどうだ。磨須のわがままと贅沢三昧《ぜいたくざんまい》の暮らしが始まった。しかも江戸にいた父親の桑山留守居は、早くも自身を次期藩主につながる縁戚だと世間に豪語し、利権を貪るようになったのである。

領内ではすべからく貧しい暮らしを余儀なくされているのに、この父娘《おやこ》は、まるで自分たちが藩主家にとって代わったように振る舞い始めたのだ。

姫が生まれていたために、殿様は目を瞑《つむ》っていたようだが、あまりの振る舞いに領民のほうが黙ってはいなかった。

殿様が帰国した折に、領内十五カ村と陣屋町の者たち全ての代表が、御館に出向いて訴えたのだ。

「磨須さま父娘を罰してほしい。それが出来ないのなら、我々で磨須さま父娘に鉄《てっ》槌《つい》を下します」

今にも筵旗を立てるかのごとく、領民は怒りをぶちまけたのだ。

それまで黙視していた家老や藩士も、次々に殿様に注進し、殿様はようやく実態を知り、父親の桑山一族は領外に追放、磨須は小谷の古寺に押し込め、姫は藩庁で奥女中たちが育てることにした。

「ちょっと待ってくれ」

弦一郎は吉三郎の話を制して、

「今江戸にいる古屋留守居は、その桑山という人の後任か」

「古屋さまは、もともと江戸上屋敷のご用人をなさっておいででした。ところが桑山さまが不祥事で失脚したものですから、用人も留守居役も全て古屋さまが兼ねておられるのです」

「………」

言われてみれば、確かに古屋留守居には懐の深いところがあった。下の者たちへの気配りもあり、けっして偉ぶったりしなかった。だからこそ重責二つをこなしているのだろうが、弦一郎は改めて古屋の人となりに感心していた。

「それで、その姫さまだが、今はどうしておられるのだ」

思い出して弦一郎は訊ねた。あれほど小栗藩の者たちと長い時間を過ごしてきたのに、そんな事情は露ほども知らずに来ている。もっとも、小栗藩の者たちは絆は強い口も慎み深い。吉三郎の言う通り、出世欲の強い、利権を貪《むさぼ》ろうとした前留守居のことは、思い出すのも恥だと思っているのかもしれない。

「姫さまは、麻疹《はしか》でお亡くなりになりました」

「そうか……すると、今はもう殿のお子はおられぬのか」

「いえ、福松《ふくまつ》さまとおっしゃる若君がいらっしゃいます」

「ほう」

「藩医宗哲《そうてつ》さまのご息女、知世《ちせ》さまがお腹《はら》さまです。江戸の上屋敷で奥方さま付きの奥女中だったのですが、昨年殿様とこちらにお帰りになって、今はこの国元でお暮らしです」

殿様の周りも、どうやら複雑な事情があるようだった。

「私は、昔の許嫁が贅沢を貪り、領民を人とも思わぬような人間になっていった姿を、味岡さんはどんな気持ちで見てきたのだろうと考えることがあります」

「ふむ……」

「ただ救いは、妻に貰った衣与さんがとてもいい人で、郷方廻りの味岡さんには似合いだったことでしょうか。衣与さんは百姓たちにも慕われています。だから今度の事件で幽閉された味岡さんを、百姓たちは皆案じているのです。いっときは、御館に押しかけて味岡さんを救い出したいなどと騒ぐ一幕もありました」

――そうか、それで余計に味岡征四郎の処分には慎重にならざるを得ないのかと、弦一郎は思った。

「それに……」

吉三郎は話を続けた。

「ご子息の祐太朗《ゆうたろう》さんは利発です。藩校でも飛び抜けてよく出来ると評判です。味岡さんも、あの事件がなければ、衣与さんと、祐太朗さんと三人で幸せに暮らすことは出来たはずなのに……」

吉三郎は、しみじみと言った。

五

四国の稲刈りは早い。

里に下りると、あちらこちらで稲刈りの姿が見えた。

稲が実った　わしの田は豊作じゃ

稲を刈ったら　娘は嫁に行く　ホイ
稲が実った　わしの田は豊作じゃ
稲を刈ったら　村は祭りじゃ　ヨサホイノホイ

あちこちから稲刈り歌が聞こえる。

「吾助《ごすけ》はいるか。忙しいのを悪いけんど、茂吉《もきち》と儀造《ぎぞう》と、少し話を訊きたいんじゃ」

畦道《あぜみち》から吉三郎が大声で呼びかけた。いかにも顔見知りの、仲間らしい砕けた言葉遣いだった。

すると、一面黄色い稲穂の中から、三人の日焼けした男たちが、ひょい、ひょいっと顔を出した。

「悪いのう。ちょっとこっちへ来てくれるか」

吉三郎が手招くと、頭に手ぬぐいを巻いたり、首に掛けたりした農夫三人が畦道まで歩いて来た。

「今年の出来はええじゃろう？」

吉三郎が訊いた。

三人は人なつっこい笑みを浮かべて頷いた。だが次の瞬間、弦一郎を見て怪訝な顔をした。

「このお方は片桐さまちゅうて、イノシシの事件を調べてくれてるお方がよ。あの日のことを話しちゃってくれんろうか思うてね」

吉三郎は三人に言った。

三人は顔を見合わせた。そして、味岡さまのためになるのなら、どんな協力もする。なんでもおっしゃって下さいませと、覚悟した顔で言い、斬り合いのあった山の中まで吾助が案内してくれることになった。

その山の中というのが、石鎚山系からなだれ落ちてきた尾根の中腹だということだった。

「米は年貢と種籾《たねもみ》を除けば、わしらの口に入るのは盆と正月ぐれえのことだ。山菜もイノシシやうさぎも、大事な食料のひとつやから。御館さまもそれはご存じで、お目こぼししてくれちょるんよ」

だからあの日、さつまいも畑を荒らしに来たイノシシを、吾助たちは山の上へと追っかけたのだと、吾助は歩きながら言った。

平地は田んぼで米が実っているが、谷間の荒れ地ではサトウキビを作り、斜面の土地では、麦、黍《きび》など主食にする穀物、それに桑の木を育てて養蚕《ようさん》もやり、楮《こうぞ》や三叉《みつまた》も植えて紙も漉いているのだという。

そんな暮らしを親身になって応援してくれていたのが味岡征四郎だと吾助は言った。

「悪いのは、お代官の御家来衆ですきに。わしらは、どこに出ても証言するきに」

当日の代官所役人の理不尽を訴えた。しかも、

「イノシシ追っかけて隣の領地に入ったなんてことは、向こうだってやっちょるんやから。そんなことは、お代官所の者は知ってたはずですきに。今まではお互いさまだったもんが、なんであの日だけ、あんなことになったのか、ようわかりません」

吾助たち三人が、ようやくイノシシを射止めてひと息つき、人の気配に振り向いた時、背中に竹籠を背負《しょ》った代官所の小者と、二本差しの侍二人が怖い顔をして立っていたというのであった。

「そのイノシシを置いて立ち去れ」

年かさの侍が言った。

「駄目だ、このイノシシはうちの領内から追ってきたもんじゃき」

吾助たちは反論した。

そこに味岡征四郎がやって来たのだ。

そして代官所の手代に、いったいそちらのほうこそ、こんなところで何をしていたのかと訊いた。

これに、代官所の侍二人が怒り出した。

「小栗藩は泥棒猫ばかりのようだな。しかも代官所に因縁をつけるとはたいしたものだ。貧乏藩だと思って大目に見てやっていたが、もう許せねえや。謝ってイノシシを渡せばいいものを……こうなったら刀で決着をつけてやろうじゃないか」

征四郎の返事を聞くまでもなく、侍二人は刀を抜き放ったのである。

征四郎も仕方なく刀を抜いた。

三人は林の中を、あっちに走り、こっちを駆け上りして、四半刻《しはんとき》ほど斬り合っていたのだが、征四郎の刀が、足を踏み外してよろけた若いほうの侍の肩を斬った。

若い男は大声を上げて倒れた。斬り合いはそれで終わったのだと吾助は言った。

吾助の話を聞きながら登る山は、深い草木におおわれた杣道《そまみち》だった。

背の高い木々が茂り、踏みしだく道なき道には、長い間堆積《たいせき》した枯れ葉が発酵《はっこう》し、その香りを林一面に漂《ただよ》わせている。

差し込んでくる太陽の光も、木々の枝を縫って落ちてくる。ひんやりとした秋の

の話である。気配を感じ、心身が洗われるような感じがした。ただしそれは事件がなければ、

「あの辺りです」

突然吾助が顔を強ばらせ、数間先の樹間の中を指して言った。

近づくと、そこら辺り一面が踏み荒らされているのがわかった。

「それで、ここで亡くなったのだな、その手代は……」

凄惨な闘いを頭に浮かべながら弦一郎が訊いた。すると吾助が、

「いえ、その場では亡くなってはおりませんきに。二人が両脇を抱えて里に下りて行きよりました。亡くなったちゅう話は、翌日御館に呼ばれた時に聞きました。代官所のほうからそう言うて苦情がきちょるとのことでした」

というのである。

三人は目付と町奉行を兼務している柴岡《しばおか》佐治郎《さじろう》に呼ばれ、調べを受けたのだという。

そして、征四郎は即刻山中に幽閉されたというのであった。

「吉三郎、味岡さんが言っていた輝安鉱の採掘場所は、どこにあるのだ」

弦一郎は、辺りを見渡した。

「ここから半丁ほど登ったところです。普段はまったく人気のないところです。行ってみますか」

弦一郎は頷いた。味岡の言葉が引っかかっていた。

だが、登り始めてすぐに、何か硬いものを踏んづけた。

「おやっ」

腐葉土《ふようど》にめり込んだその物を取り上げて驚いた。

「なんだこれは……ずいぶん美しい石だな」

鋭利な細い小刀を何本もくっつけあったような柱状結晶体が、刀のような鋭利な光を放っている。

「これです。これが輝安鉱というものです。銭の鋳造《ちゅうぞう》や化粧品の材料になるらしく、ほそぼそ発掘していましたが、この美しさですから、上様や幕閣の皆様への献上品にしております。また、この形状や美しさを愛《め》でる数奇者がおりまして、毎年限られた品を市場に出しています」

吉三郎は言ってから、上をのぞみながら呟いた。

「やっぱり、盗掘されているのかもしれませんね」

すると吾助が言った。

「隣の天領や土佐の骨董屋《こっとう》では、けっこうな額で引き取ってくれるって評判ですから」

「……」

弦一郎は、摑んでいる輝安鉱をためつすがめつしていたが、

「吉三郎、明日は代官支配所に行くぞ」

その日、吉三郎と別れて宿に戻ったのは七ツ半、まもなく日も暮れようとしていた。

「おかえりなさいませ。こんな田舎じゃあ、何にも珍しいものはございませんでしょ」

女中は、弦一郎の足をすすぎながら言った。宿の者たちは家老の知り合いが、ふらっと物見遊山にやってきたと思っているようだった。

「いやなに、のんびり過ごすのもいい。命の洗濯だ」

お茶を濁《にご》したものの、任務さえなければ命の洗濯になるに違いないと思った。

すると奥から女将のおしかが出て来て、一通の手紙を渡した。

「御家老さまのお使いが持って参りました。片桐さまにお渡しするようにと」

二階の部屋に戻ってから正座して書状を開いた。

——古屋さまか。

書状は、古屋留守居が家老に、弦一郎に手渡してほしいと書き添えて送って来たものらしかった。

江戸にいて、事件のなりゆきを案じているのだと思ったが、なんと古屋の手紙には、お美知のことが書いてあったのだ。


先代の殿様の時代のことだ。

その頃はまだ古屋は国元の御館に勤めていた。

最初の妻を亡くしてまもなく、古屋は領内の紙を一手に扱っている紙問屋『伊能《いのう》屋《や》』の娘で、お美知の母となるお玉《たま》と恋仲になった。

頃合いを見て一緒になろうと約束したのだが、江戸詰となって殿様の参勤交代に従って江戸に出て来た。

お玉も半年後に江戸に出て来るのだが、先代の殿様から奥女中の一人を薦《すす》められた古屋は、それを断る窮余の策に、自分は以後妻《めと》は娶らぬと宣言してしまったのだ。

お玉に女の子が出来て、お美知と名づけた頃に、事情を知った殿様からきちんと妻にするよう叱責されて恐縮した。

だが時すでに遅かった。産後の肥立ちが悪かったお玉は、あっという間にこの世を去った。

どうお玉に詫びても詫びきれぬ古屋は、人を頼んで、町屋でお美知を育てて来た。せめて嫁入りの時には、古屋の名を名乗らせるつもりでいるのだが、そのお美知が、手紙を残して小栗藩に出かけて行ったようだ。

古屋はそのことを、置き手紙を見るまで知らなかった。

お美知は、片桐どのが小栗藩のお役目で参るというのを誰からか聞きつけたに違いない。

以前から一度国元に行ってみたいなどと言っていたから決心したのだろうが、しかしこの大事な時だ。そちらで足手《あしで》まといになってはご迷惑を掛ける。

お美知に会ったら、即刻江戸に戻るよう厳しく言ってはもらえまいか。そなたの言うことなら、お美知はきっときくはずだ。よろしく頼む。

父親の娘を案じる文面が綴《つづ》られてあった。

そう言えば、戸塚の宿でお美知に会って以後は、こっちの足について来られないお美知たちの姿を見ることはなかった。

俄に心配になってきた。まだ領内に着いていないとなると、何かあったのかもしれぬ。

――そなたの言うことなら、お美知はきっときくはずだ――。

古屋の最後の言葉も心にひっかかった。

お美知とは互いを知り合うほど話したこともない間柄だ。

――それを……。

それほど自分を、古屋留守居ばかりかお美知まで信用してくれていたとは――。

弦一郎は少々後悔していた。

お役目の旅とはいえ、にべもなく同道を断ったのは少し冷たすぎやしなかったか……。

弦一郎は手紙を置いて立ち上がり、階下に下りて女将のおしかに訊いた。

「今日ここに、お美知という女子が到着していないか」

「いいえ」

「他に宿屋は……」

「この陣屋町には、ここともう一軒、町外れにございます」

「では、伊能屋という紙問屋はどこにある」

お美知の母、お玉の実家の紙問屋の場所を訊いた。

「それなら、三十軒ほど先ですろうか……」

女将とやりとりしているところに、

「片桐さま、よかった。お帰りになっちょりましたか」

武助がやって来た。

武助はすぐに後ろを向いて頷いた。すると、細面《ほそおもて》の三十ぐらいの武家の女と、十歳ほどの男児が入って来た。

あっと思った。昨日今日と忙しく、近いうちに訪ねようと思っていた味岡征四郎の妻子だとすぐにわかった。

「味岡征四郎の家内でございます」

女は頭を下げた。衣与という内儀だった。

なるほど武助が言っていた通り、田舎藩士の内儀にしてはもったいないような美形である。着物は木綿で粗末ななりだったが、内面からにじみ出る、清楚できりりとしたものがある。

「どうぞ、お楽に……こちらのほうからお訪ねしようと思っていたところです」

　弦一郎は二人を部屋に入れると、お茶をすすめた。少し離れて武助が座っている。

「お疲れのところを押しかけまして申し訳ございません。武助さんから、こちらに今度の事件をお調べになる片桐さまが逗留なさっていると聞きました。それで、武助さんに無理を言って、こちらに案内を頼みました」

　衣与は硬い表情で弦一郎を見詰めると、

「夫を、味岡をお助け下さいませ」

　衣与はいきなり手をついた。

　つられるように倅も手をついて頭を下げた。

「お内儀、お手をあげて下さい」

　弦一郎はまず衣与が体を起こすのを待って言った。

「先に申しておきますが、私は公平な目で調べるように依頼されて参ったのです。万が一、味岡どのに不利な結果となるやもしれません。せっかく足を運んで頂きましたが、もしそういうことになっても、事実を曲げることは出来ぬのです」

　衣与は、がっくりした表情で頭を垂れた。

「ただ、結果がどうあれ、味岡どのは領内の百姓たちを守ろうとして斬り合いになったことは間違いない。領民を守るために我身をかえりみずやったことだと思っている。気骨のある御仁だと思っている……」

弦一郎の言葉に、衣与が顔を上げた。衣与の表情には、夫を誇りに思う気持ちが表れていた。

「衣与どの……気休めは言えぬ立場だが、これだけは伝えておこう。私がこの小栗藩まで参ったのは、味岡どのの一件に、心を動かされたからです。殿様もけっして、大切な藩士の命を渡したいなどとはお思いになってはおらぬのです」

衣与の顔を見つめた。衣与は弦一郎の言葉を全身で嚙みしめているように見えた。

しばらくあって衣与は言った。

「ありがとうございます。少し気持ちが落ち着きました。どうあれ、夫を信じて待ちます」

「うむ」

弦一郎は頷いたのち、

「そなたは、祐太朗どのだったな」

膝小僧を摑んで、一生懸命話を聞いていた倅に言った。

「はい、味岡祐太朗と申します」

きっぱりと答える。

「利発なお子だ。お父上が留守のおりは、そなたが母上を助けるのだぞ」

「はい！」

祐太朗は元気に声を張り上げた。

六

隣国の天領四万石の浜に着いたのは朝の四ツ。山田重三郎《やまだじゅうざぶろう》が代官をつとめる郷では、漁を終えた船が浜の会所で市《いち》を開いていて、人々が賑《にぎ》やかに往き来していた。

この領地は、もともとは小栗藩の縁戚の藩だったが、幕府に取り上げられて天領となったところである。

陣屋は浜から一里ほど入った内陸部にあり、弦一郎と吉三郎、それに吾助と三人で徒歩で向かった。

領地が広いから当たり前といえば当たり前だが、稲の実る田は広く、点在する民家の構えも、小栗藩の民家とは比べものにならないほど立派だった。

この地に住む人も、小栗藩の四倍はいるわけだから、陣屋に向かう道筋にある町は、けっこうな人出で賑わっていた。

町の規模も二倍以上はあるようだ。

「町と名のつくのも、この壱《いち》の町《まち》だけじゃありませんから。もう二カ所あります」

吉三郎が言った。どうやらこの町は、壱の町というらしい。

弦一郎は旅姿の武士の格好だが、吉三郎は町人髷を結い、吾助とともに下男の形《なり》で供をして来ている。

町の入り口にある飯屋の前で、弦一郎は二人に言った。

「二手に分かれよう。手筈どおりにな。危ない真似《まね》はするな。何があっても昼の七ツまでには、ここまで戻れ」

二人は、神妙な顔で頷くと、足早に去って行った。

――さて……。

弦一郎は、店の軒を確かめながら歩いた。

『ほりだしもの』の看板の前で立ち止まると、

「ごめん」

店の中に入って行った。

「いらっしゃいませ」

赤茶けた顔をした、でっぷりした親父が奥から出て来た。

店の中を見渡してみると、なるほど、掘り出し物とある通り、どこから集めたかわからないような古い物が置いてある。

「これは、なんだ」

弦一郎は釣り鐘のような物を指した。

一尺ほどの小ぶりのものだが、肌が緑色をしている奇妙な物だ。

「ああ、これはですね。銅鐸《どうたく》というものらしいです」

「何、らしいとは頼りない話だな」

「土佐の、田んぼから出て来たようで、こっそりこっちに売りにきたんです。大昔の物らしいのですが、何に使っちょりましたんでしょうか。重たいです」

持ち上げようとした弦一郎に言った。

弦一郎は、店の中の品を、ざっと見ていたが、

「親父……」

手招きして耳元に囁いた。

「親父は、輝安鉱というものを見たことがあるか」

「お侍さま……」

親父は、ぎょっとした顔で弦一郎を見た。

「その顔は知ってる顔だな」

にやりと笑うと、

「うちには置いちょりません。本当です。そんな手が後ろにまわるような品はうちでは扱っておりません」

しどろもどろの親父に、弦一郎は懐に手を遣《や》って囁いた。

「見てみないか、持っているのだ。輝安鉱を……」

「お、お侍さま」

「俺は聞いてきたんだ。この町じゃあ、高値で引き取ってくれるってな」

「い、いったい、どこから手に入れました」

おろおろしながら疑いの目で問う。

「野暮なことを申すものよな。品物を見れば、どこの物だかわかると聞いたが……俺も手が後ろにまわるのは嫌だからな。どこで手に入れたかは言えぬ。拾った物だ」

「拾った物……」

親父はちょっと考えるように小首を傾《かし》げたが、すぐに目を輝かせて、

「ちょ、ちょっとこっちへ……」

親父は弦一郎の手を引っ張って奥の雑多な品物を重ね積みしている店の裏に連れ

て行った。

そして、弦一郎の懐に視線を注いだ。

弦一郎は、昨日山で拾った輝安鉱を出した。

「これは……」

親父の顔は興奮している。親父の目の先で、研ぎ澄まされた小刀の塊のような物が光を放っている。

「ふーむ」

うなる親父の耳に弦一郎は囁いた。

「安くしておくぞ。路銀が底をついてな。江戸まで帰らなくてはならぬのだ」

「……」

親父は掌の上であっちにひっくり返し、こっちにひっくり返しして見ていたが、

「これはいい物ですきに。わかりました、五匁《もんめ》銀で十二枚でどうですろうか」

先ほどの話とはうらはらに、欲しい気持ちが声に出ている。

「もうひと声頼む」

「ふう……」

親父は輝安鉱を手に考えていたが、

「わかりました。あと二枚追加しましょう」

笑顔を見せたが、刹那《せつな》、その顔が強《こわ》ばった。

「お侍さま……」

険《けわ》しい表情に変わった弦一郎を見たからだ。輝安鉱を手に、戸惑っている。

「もしや……何かのお調べで……」

弦一郎は頷いた。

「ひえぇ」

親父は驚きのあまり、手にしていた輝安鉱を落としてしまった。

「隣の小栗藩では輝安鉱が盗掘されているのがわかっている。盗掘は犯罪だ。知っているだろうが、盗んだ品を買い取る者もまた罰せられる。お江戸などでは店は没収、そして追放だ」

「没収に追放……」

親父の顔が強ばっている。

「そうだ。けっして罪の軽いものではないぞ。ところがあろうことかこちらの代官所の役人が盗掘に一枚嚙《か》んでいるらしいのだ。この輝安鉱も、実は盗掘されたものでな」

弦一郎は、親父が落とした輝安鉱を拾って見せた。

輝安鉱の怪しげな光に、親父は後ずさりした。

「怖がらずともよい。何も脅そうと思っているのではないぞ。少し協力してもらいたいのだ」

親父は、輝安鉱をちらと見て言った。

「あの、もしや、お侍さまは、道中奉行《どうちゅうぶぎょう》さまの……」

「道中奉行？」

「はい。噂では、近々にご到着とのこと、この町の者皆戦々恐々《せんせんきょうきょう》で……だってそうですろう……何か不都合なことがあったら大変なことになりますから。代官所のほうからも粗相のないようにと、回状がまわってきちょりましたから」

「ふむ」

弦一郎は苦笑した。

道中奉行がやって来る話は寝耳に水だったが、親父が弦一郎を道中奉行の配下の者かなにかと勘違いしてくれたのは好都合だと思った。

「親父、協力してくれるな」

念を押すと、

「もちろんです。ですから、先ほどのことは、どうぞお目こぼしを……」

親父は腰を落として手をついた。

——遅いな……。

弦一郎は町の入り口にある飯屋の中で、七ツの鐘を聞いていた。

必ず七ツまでにはここに戻るように言ったはずだが、二人の姿はまだ見えない。

「ここに置くぞ」

弦一郎は、飯代を置いて外に出た。

——やっ。

向こうから吉三郎と吾助が走ってくるではないか。

「どうしたのだ！」

声を掛けると同時に、二人の背後から追いかけてくるならず者風の三人が目に入った。

ならず者たちは、走りながら匕首《あいくち》を抜いている。

弦一郎は走った。

「俺に任せろ」

二人を追ってくるならず者たちの前に大手を広げ立ち塞がった。

「退《ど》け！」

行く手を遮《さえぎ》られたならず者の一人が怒鳴った。

「あの二人は俺の連れ合いだ。お前たちこそ何者だ。容赦はしないぞ」

弦一郎は刀の柄《つか》をぐいと上げた。

ならず者たちに動揺が走った。

「立ち去れ」

にらみ付けてぐいと前に出る。

「ちっ、おい」

屋根瓦《やねがわら》のような顔の男が顎をしゃくった。

三人は忌々《いまいま》しげな顔を残して、踵《きびす》を返した。

「いったいどうしたのだ」

弦一郎は、後ろにいる二人に訊いた。

「片桐さま、味岡さまに斬られたお侍ですが、生きちょります」

吾助が言った。

「何、まことか」

「はい、この目で確かめました。名前は秋元末次郎《あきもとすえじろう》」

するとと今度は、吉三郎が言った。

「あの者たちを束《たば》ねているのは誰だと思いますか。なんと、驚いたことに、藩を追放された桑山勘兵衛です」

「桑山勘兵衛……」

「はい、元江戸留守居役で磨須さまの父親です」

「なんと……」

「老いさらばえて白髪頭になっていましたが、間違いございません」

桑山勘兵衛は、壱の町の仕舞屋《しもたや》で暮らしているが、近隣の者たちの話によれば「わしは隣国小栗藩の側室磨須の父親だ」などと堂々と公言しているというのである。

「こんなことも言っているようです。わしの力があったればこそ、小栗藩は今日までもっているのだと……」

「庇護《ひご》する者がいるのかもしれんな」

「そうかもしれません。風流に『渓舟《けいしゅう》』とか名乗っているようですが……」

吉三郎は付け加えた。

「吉三郎、吾助、小栗藩に抜ける山越えの道はわかっているか」

弦一郎は訊いた。

「もちろんですとも。祭りでもあれば、若い者はお互いに山越えして往き来しているんですから」

「よし、それならいい。これから腹ごしらえをしろ。もうひと働きしてもらうぞ」

その夜、栗原代官支配所と小栗藩との国境を、二つの提灯《ちょうちん》の明かりが越えていくのが見えた。

提灯を持っているのは、吉三郎と吾助で、二人は斬られて死んだことになっている秋元末次郎の腰に縄をつけて引く弦一郎の前後を固めるようにして歩いて行く。

月は出ていてもうっそうと茂った森林の中の獣道《けものみち》である。

人ひとりがやっと通れるほどの細い道を、一列に並んで歩いて行くのだが、人の気配のない山奥の空気は、湿っていて濃密で、しかもそれが、ゆっくり辺りを流れて行っているようで不気味だった。

あれから弦一郎たちは、代官所から出て来る末次郎を待ち伏せて同道するように強制したのである。

むろん、末次郎は嫌がった。逃げようとした末次郎の足を、弦一郎がひっかけて転ばし、襟首を摑んで、

「おぬしは死んだことになっているらしいな。輝安鉱盗掘がばれそうになったので、小栗藩の郷方廻りに刃向かっていったんだろうが、お前たちのお陰で、その郷方廻りは幽閉されているのだぞ。お前の主である代官から、首を差し出せと言われたからだ。生き証人とはお前のことだ。一緒に小栗藩まで来てもらうぞ」

厳しく言った。

末次郎は知られるはずもないことが知られているとわかったからか、さすがに観念したようだった。

すぐに末次郎を囲んで町を出たが、既に夕暮れ、山に入ったところで薄暗闇の森林の中を歩くことになった。

町で買い求めた提灯に灯《ひ》をともしているのだが、こんな山奥では心許《こころもと》ない。

皆無言で小栗藩領を目指した。

「あと少しで国境です」

吾助が言ったその時、

「ほー、ほー、ほー」

静かな山に鳥の声がする。

「みみずくか、ふくろうだな」

吉三郎が言った。

闇の中で鳴く鳥の声はしばらく続いたが、やがて止んだ。

あんまり気持ちのいい声ではない。

ほっとしたが、

「ぎゃー、ぎゃーわお、ぎゃー」

ものすごい断末魔のような声が聞こえた。

「狼じゃないか」

弦一郎は、思わず立ち止まった。

「そうです、狼です。急ぎましょう。去年でしたか、この山を越えようとした旅人が狼に襲われて大けがをしています」

吉三郎が言う。

「何……」

弦一郎は震え上がった。

子供の頃、家に出入りしていた百姓の家に父親と遊びに行った時のことだ。

夕食を済ませて帰ろうとしたその時、山から狼が下りて来て、百姓の家で飼っていた犬と激しい闘いをするのを目の当たりにしたからだった。うなり声を上げ、飼い犬に飛びかかった狼が、歯を剝《む》き出して犬の首に噛みつこうとする様は、見ていて震え上がったものだ。

結局百姓が松明《たいまつ》に火をつけて狼を追っ払ったが、あの時の狼の獰猛《どうもう》さは忘れてはいない。

誰にも言えないことだが、正直生きた心地がしなかった。子供心に生まれた恐怖心は消えるものではない。

国境を越え、月明かりの中に、楮《こうぞ》や三叉《みつまた》の畑が斜面に見えた時には、ほっと胸をなで下ろしていた。

四人は足を速めて陣屋町に入り、末次郎の身柄はいったん御館にいた目付で町奉行の柴岡佐治郎の配下に渡して解散した。

秋元末次郎の確保は予期せぬことだった。ただ、こちらの調べだけを先方につけても確かな証人がいないかぎり逃げ切られる心配は大いにある。

末次郎の確保は致し方なかったのだ。

ただ、弦一郎が泊まっている宿に留め置くのでは、十分な監視が出来ない。ひとまず御館に預かってもらって、それからじっくり取り調べようと考えたのだった。

「まあまあ……随分お疲れのようでございますね」

宿屋に戻ると女将が呆れた顔で言った。

「風呂はまだ入れるか」

何をおいても風呂が先だと女将に訊くと、

「はい、いつでもお入り下さい。でも、お部屋にお客さんがみえちょりますよ。お美知さんて方が……」

女将は含みのある笑みで言う。

「何、何時《いつ》来たんだ」

「昼前に一度。それから夕刻になってからまたみえられて、二階でお待ちでございます」

弦一郎は急いで部屋に向かった。

戸を開けると、

「お久しぶりでございます」

なんとお美知が、にっこり笑って手をついた。お美知の側には、中年の供の弥次郎が座っている。部屋には弦一郎の膳が置いてあった。

「すまんがこの有様だ。風呂に入ってくる」

弦一郎は手ぬぐいを手にして部屋を飛び出た。

七

湯船に浸かるのもそこそこに部屋に戻ると、お美知は膳に掛けてあったふきんをとり、茶を入れて待ってくれていた。

「すまぬな。では……」

箸を取った。腹は背中とくっつきそうに減っていた。急いで飯を掻き込み、お茶を手にしてお美知に向いた。

お美知はくすくす笑って言った。

「よほどお腹が空いていたのですね。古屋の父は、いつも片桐さまに難しいお願いをするのですね」

弦一郎は苦笑するしかなかった。

「それで……墓参りはすませたのか」

確かお美知は、祖父の三十三回忌だと言っていた筈だと訊いてみると、

「これからです」

と言う。

お美知は昨日小栗藩に到着していたのだと言った。

それからまず、母の生家の伊能屋に行ったらしい。

伊能屋の主は、母の弟の代になっていたが、母の母、つまりお美知にすれば祖母になる人だが、その人がまだ健在で、突然現れた孫娘にびっくりしたらしい。

その祖母に母の形見の柘植《つげ》の櫛《くし》を渡した。柘植の櫛といっても、春の草、秋の草の絵が描き込まれていて、十八になった時に父親につくってもらったものだと、生前お美知の母が言っていたという品だった。お美知はそれを十五の時に父の古屋から手渡され、大切に持っていたものだ。

祖母はその櫛を覚えていた。愛おしそうに撫でながら、

「お前のお母さんは幸せだったんやろうね」

お美知に念を押した。

「ええ、幸せだったと思います」

お美知は言った。

古屋の父を追っかけて、母は江戸に出て行ってから、一度もこの田舎には帰って

きていなかったのだ。

古い家の柱をみながら、お美知はそこに母が溌剌《はつらつ》と生きた時代があるのだと思わずにはいられなかった。

お美知は最初、宿はこの藤田屋にするつもりだったが、伊能屋の者たちに強くひきとめられて、そこに滞在することにしたのである。

「古屋の父の親戚の皆さまにもご挨拶するつもりですが、今日はまず、側室の知世の方さまにご機嫌伺いに行ってまいりました」

というのである。

「何、側室の知世さまと知り合いなのか」

意外なことを聞いたと訊き返すと、

「ええ、ご存じかどうか、知世の方さまは、今江戸の上屋敷に奥医師としてお仕えしている宗哲先生のお嬢さまです。いっとき上屋敷で奥方さまつきの奥女中をなさっておられ、とても奥方さまに気に入られて、それで側室になられた方です。私も時々は上屋敷に参りまして、女中衆に物語など読み聞かせをしておりまして、それで知り合った仲です」

にこにこして言った。

藩主との間に福松という世継ぎまでなした側室がこの地にいる。興味は湧いたが、今はそれどころではない。

「知世の方さまに私、片桐さまのことをお話ししました。そうしたら、ぜひ一度お訪ね下さい、そう申されておりましたよ」

じっと見る。

「いずれお目にかかることもあるかもしれぬが……」

弦一郎は、そう躱《かわ》して、

「実は古屋どのから文《ふみ》が参ったのだ……」

と告げた。

弦一郎は古屋が、お美知を案じている、早く江戸に戻るようにと言っているとお美知に告げた。

「そんなことだろうと思っていました。だから私は父には何も言わなかったのです。引き留められるに決まってますもの」

「若い女の身空で大胆なことをするものだ。親の心配は当たり前だ。用事がすめば、出来るだけ早く帰ったほうがいい」

「私、帰りこそ、弦一郎さまとご一緒させて頂きます」

「それは駄目だ。私は仕事で来ているのだ。それにな、ここの仕事が終われば帰り道に寄らなければならぬところがあるのだ」

「まあ……どこまでも私の当ては外れるんですね」

お美知は、ちょっと膨れてみせた。

これまで見てきたお美知は聡明《そうめい》で冷静な女性という印象が強かった。意外な横顔を見て、弦一郎は可愛い女子《おなご》だなと思い始めていた。

「お美知さま」

側で弥次郎がはらはらしている。

「わかりました。お邪魔はいたしません。でも弦一郎さま、私で何かお役に立つようなことがあったら、おっしゃって下さいね」

笑顔に戻ったお美知にほっとして弦一郎は頷いた。

「それと、一度はぜひ知世の方さまに会って下さいね。だって私が弦一郎さまの活躍をお話ししたものですから、知世の方さまも、お美知さんがそんなに想ってらっしゃるお方に、ぜひ……そうおっしゃっているのですから」

「……」

弦一郎は驚いてお美知の顔を見た。それではまるで、お美知のいい人だと思われているのではないかと思ったのだ。

「それではまた。弥次郎、参りましょう」

お美知はすまして帰って行った。

弦一郎はひとつ大きくため息をついた。

部屋には化粧の香が残っている。甘い香りだったが、亡くなった妻のものでも、おゆきの香りでもないものだった。


翌日、弦一郎は御館に出向いた。

国家老の神尾内匠、目付で町奉行の柴岡佐治郎、与力の時田専太郎《ときたせんたろう》、そして弦一郎が並ぶ前に、栗原代官所から連れてきた秋元末次郎が座らされた。

むろん書役《かきやく》二人が控えている。

秋元末次郎は眠れなかったのか、疲れた顔をしていた。観念もしているのだろう、刃向かう気配は感じられない。

与力の時田専太郎が、難しい顔で訊ねた。

「秋元末次郎氏《うじ》、正直に話してもらいたい。まずはそなたのお役は……」

「警護をやっております」

「もう一人、一緒にいたらしいが、その侍の名は……」

「福田百之助《ふくだもものすけ》さんです」

「警護の者か」

「いえ、福田さんは手代です」

「歴とした代官所の役人がなぜに輝安鉱を盗掘したのか」

「……」

「わかっているのだぞ。こちらにいる片桐殿の調べでは、そなたは何度も町の唐物《からもの》屋骨董屋などに出入りして輝安鉱を売っている」

「……」

末次郎は、ちらと弦一郎に視線を投げると、顔を俯《うつむ》けた。

時田専太郎は追及の手を緩めず続けた。

「盗掘も一度や二度ではあるまい。実際うちの者たちが調べたところ、新しく掘った跡をいくつも確認した。あの日、おぬしたちが、盗掘の帰りだったことは間違いあるまい。だから味岡征四郎と斬り合いになった。追い込んだイノシシが隣の領地に入り込むことは、これまでにもあったはずだ。しかしそれは、お互い目こぼしをしてきた。そうだろう」

「……」

「領民の暮らしは豊かではない。野にイノシシを追い、鹿を追い、ウサギを追わなければ、暮らしていけぬ。それをわかっていておぬしたちは刀を抜いた。そしてうちの味岡征四郎におぬしは斬られた。その斬られて命を落としたはずのおぬしが、こうして元気でいるのはどういうことなのだ。こちらは代官所から味岡の首を差し出せと言われているのだ。つじつまが合わないのではないかな」

「……」

末次郎は顔を青くした。だが口は開かなかった。せめて口を割らないことが唯一の抵抗と考えたのか。

「味岡殿に斬られて死んだというのはおぬしだろう、聞こえているのか!」

側から弦一郎が一喝《いっかつ》した。

末次郎は、びくっと肩を動かした。

なにしろ確保する時には、末次郎の腕を、これでもかというほど強くねじ上げている。

「言っておくが、私はこの小栗藩の者ではない。ここに並ぶお歴々とは違って代官所の者への遠慮などさらさらない。あくまで口を割らぬというのなら、御公儀の手に引き渡すことも私なら出来る」

末次郎を見据えて脅した。

「輝安鉱の盗掘は……」

末次郎は小さな声で話し始めた。

「私の欲で盗掘したのではありません。頼まれてやったのです。福田百之助さんもそうです」

「誰に頼まれたのだ」

時田仙太郎が訊いた。

「渓舟さまです」

「渓舟……」

怪訝な顔をして聞き返した時田に、弦一郎が告げた。

「渓舟とは、当藩の先の留守居役桑山勘兵衛」

「何、それはまことか」

神尾内匠が驚いた声を上げた。側の目付柴岡佐治郎と顔を見合わせてから、

「間違いないのか」

弦一郎に訊いた。

「確かめてあります。小綺麗《こぎれい》な仕舞屋に住み、無宿者、ならず者をはじめ、この男のように代官所の下役たちも出入りしています。渓舟は、あの町では結構な羽振りです」

弦一郎は告げた。

「するとなにかな、渓舟が盗掘の張本人だというのか」

神尾家老に見据えられて、末次郎が渋々頷いて言った。

「小栗藩の輝安鉱の採掘場がどこにあるのか、それを教えてくれたのは渓舟さまです。私は小栗藩に散々尽くしてきた。その私が少々頂いたところでなぜいけないんだと」

「渓舟が言ったのか」

柴岡目付が念を押した。

末次郎はこっくりと頷いた。

渓舟は、末次郎たちに盗掘をさせ、その輝安鉱を捌《さば》いて利得をわがものとし、代官の山田重三郎にも輝安鉱を売却した金の一部を摑ませているのだと言った。

「なんと、それでは代官まで一枚嚙んでいるのか」

神尾家老が苦々しい顔で言った。

「そういうことだったのか。だから、代官が味岡の首を寄越せなどと言ってきたのか……」

目付の柴岡はあきれ顔で言った。

「まずはここに名を記してもらおうか」

一通り末次郎に話を聞くと、書役の書いた供述書に末次郎の名と拇印《ぼいん》を押させて、この日の調べは終わった。

末次郎には、末次郎自身の罪は問わないから、いざという時には証言するように念を押した。

それまでは口をつぐんで暮らすこと、そうしなければ命を狙われるかもしれないことも言い聞かせた。

そして、栗原領に戻るように御館から外に出したのだった。

これ以上末次郎を拘束して、騒ぎを大きくしたくなかったのだ。

「えらいことになったな」

神尾家老が天を仰いだ。

「代官が盗掘に関与しているとなると、交渉しても埒《らち》は明かぬ」

「それに、渓舟が張本人のようですから、代官は渓舟に罪をなすりつけるのではないでしょうか」

柴岡が言った。

「それにしても、なぜそれほど金の亡者《もうじゃ》になっているのか、渓舟は……娘が押し込められているというのに……」

「とにかく、まだ終わった訳ではない」

一同は、しばらく無言で座った。

静寂を破るように弦一郎が言った。

「ひとつだけ、一気に解決できる策があります」

神尾家老も柴岡目付も、弦一郎をきっと見た。

「近く道中奉行が栗原領内を視察にみえることになっているようです」

「まことか……」

神尾家老の目が光った。

八

その日の七ツ、弦一郎は吉三郎と吾助と武助を、町の居酒屋に誘った。

事件の落着とはまだいえないが、一段落はした。よほどのことが起きない限り目処《めど》がたったからだった。

あのあと神尾家老は、江戸にいる殿様に経過報告の手紙を書いた。非はむこうにあり、しかも代官所の侍一名を味岡征四郎が斬り殺したとしてきたことも、実は偽りであったこと。

盗掘騒ぎの張本人は、藩を追放された前側室磨須の父、渓舟こと桑山勘兵衛であったこと。

その上で、もはや味岡征四郎を幽閉する必要はないと判断し、本日をもって幽閉を解くこと。

調べのひとつひとつを述べたのち、その書面に目付の柴岡とともに署名し、弦一郎にも見せたのちに飛脚に頼んだ。

弦一郎は、目付の柴岡と配下の与力と供に、征四郎が幽閉されている藁葺《わらぶ》きの家に行った。

征四郎の喜びはひとしおだったが、立つときにふらついた。かなり衰弱しているようだった。

「しばらくゆっくり休め、ご家老の命令だ」

柴岡目付は言った。

弦一郎と与力二人は、征四郎に手を貸して山道を下り、郷方廻りの屋敷に届けた。

妻の衣与は、玄関で夫を迎えると、気丈にも、

「ご苦労さまでした。お帰りなさいませ」

両手をついたが、その肩は震えていた。

弦一郎たちはそれで引き返してきたのだが、ふと思いついて、弦一郎にずっとつき従ってくれた吉三郎たち三人に一杯おごってやろうとしたのだ。

「まずは酒だな」

弦一郎が居酒屋の女将に注文すると、

「芋で造った酒でもええやろか」

女将は前垂れで手を拭《ふ》きながら出て来て言った。

「芋……」

びっくりして聞き返すと、

「ここじゃあ、米の酒は飲めないことになっちょります」

大きな声で言う。すると吉三郎が言った。

「米は大事な年貢米、残れば備蓄米の米蔵行きです。下級藩士も農民町民も皆、焼《しよう》

酎《ちゅう》と決まっています」

　すると、笑って吾助が継いだ。

「しかも、一人二合しか頼めんきに……」

「何……」

「本当は皆藩券《はんけん》を持っちょります。米も衣類も、酒も、たばこも、そうです、紙にいたるまで……。その藩券をちぎって買うんじゃきに」

「酒だって、おらたちは藩券があっても、ひと月に一升と決まっちょります」

　武助が言った。

「そうか……しかしよく皆辛抱するものだな。藩士の給米も半分は借り上げになっているると聞いている」

「仕方がございません。あのご家老さまだって、半分どころか六割借り上げられて、四百石のところを百六十石です。我々が文句など言えません」

　吉三郎が言った。

　肴が運ばれてきたが、これまた女将が、

「肴はこれで全部ですきに。これ以上は、旅のお人でもお出しすることは出来ませんきに」

と言うではないか。

なんと出された皿を見ると、焼き味噌の盛り付けたものと、豆腐と鮎《あゆ》の塩焼き、それに大根のつけものが一人二きれの勘定で皿に盛り付けてある。

「ほう！」

「これはご馳走じゃ」

なんとこれに三人は歓声を上げたのだ。

少しも湿ったところがない。皆倹約を楽しんでいるようにも見える。

——不可解な藩だ。

水練の時もそう思ったが、領内の暮らしを目の当たりにすると、一層驚く。

「片桐さま、自慢じゃないけんど、この国は、飢饉《ききん》で餓死者を一度も出したことがありませんきに」

吾助が酔っ払った目で自慢げに言った。

すると負けじと、吉三郎が言う。

「わが藩は助け合いの精神が行き届いちょります。病で食えなくなった、年老いて面倒を見る者がいなくなった、また親が流行《はや》り病で亡くなったいう時には、藩が食料も暮らしの金も渡してやるんです。そやから皆、若い時に苦労をしたって、年老いて困ることはない言うてね。それで皆が繋がっちょるんですよ」

「ほう……」

感心するしかない弦一郎である。

なるほど、肴は粗末で酒は芋酒でも、こんなに楽しい酒は初めてだと弦一郎は、いっとき、ほんわかとした幸せを味わっていた。

そろそろ酒もなくなって、日も暮れるという時だった。

「ここにいらしたのですか」

お美知が入って来た。

「弦一郎さま、栗原領に抜ける山道でお侍が殺されたそうですよ」

「何！」

弦一郎の頭を、秋元末次郎の顔が過ぎった。

「小栗藩内でしたので、御館のお役人が走って行ったようです」

「何時のことだ」

「七ツごろでした」

「すると、もうまもなく引き上げてくる頃ですね」

吉三郎は赤い顔で立ち上がった。武助も吾助も酔いつぶれている。

「女将、この二人を頼むぞ」

弦一郎と吉三郎、それにお美知は、居酒屋を出た。

まもなくだった。

陣屋町の通りを、戸板に遺体を乗せて運ぶ一行が近づいて来た。

「これは片桐さま……」

先導する与力は、弦一郎と見知った仲だった。

「殺されたのは、まさか、秋元末次郎か」

弦一郎は訊きながら、遺体に掛けてある筵《むしろ》を捲《めく》った。

思った通り目をかっと開いた秋元末次郎の遺体だった。

「御館に留めておくべきでしたね」

吉三郎が言う。

「して、殺した者はわかっているのか」

与力に訊いた。すると戸板の後方から旅人姿の若い男が近づいて来て言った。

「わしは見たんです、殺されるところを」

「何……」

「この者はこの陣屋町の者です。小間物屋の佐太郎という者ですが、隣国に買い付けに行っての帰りに、用を足したくなって道から林に入ったところに、一行がやってきて、事件を見たんです」

与力が説明した。

佐太郎はそれに頷いてから、

「相手は五人でした。もっとも、皆ごろつきのような者たちで、五人してわっと飛びかかったんです。そしててんでに押さえつけて、一人が匕首を出し、刺し殺しました。殺す前には、恨むなら渓舟さまを恨みな、そう言うのが聞こえました」

無念の思いで遺体から顔を上げた弦一郎に、与力は硬い顔で頷いた。

「のちほど参る」

弦一郎は言い、遺体を運ぶ一行を見送った。

「渓舟っておっしゃるのは、先の側室磨須さまのお父上さまですよね」

お美知が言った。

「うむ」

「私、いろいろ聞いています」

「何を聞いているのだ」

「磨須さまは座敷牢に閉じ込められているはずなのに、お付きの女中がたびたび町に買い物にやってくる。それも高額な買い物をして帰っていくって……」

「側室だったのだ。そういうこともあるのではないのか」

「いいえ、同じ側室とはいえ、知世の方さまは倹約に倹約を重ねてお暮らしです。お勘定掛かりから渡される以外のお金はつかっておりません」

するとと吉三郎が言った。

「おっしゃる通りです。座敷牢に入れられているお方に、そんな多額のお金が渡されているはずはありません。しかもあのお方は、もう側室ではないのですから」

——まさかとは思うが……。

弦一郎の頭の中に、渓舟の姿が浮かんだ。

思案している弦一郎を見て、お美知が言った。

「伊能屋に訊いてみます。噂では、お女中衆は、端切《はぎ》れ一枚、筆一本にも、通常の価格の倍ほど支払っていくそうです。ただし、それが口止め料になっているようです。紙問屋だって上顧客だと思っているに違いありませんから」

案の定、宿に戻った弦一郎を追っかけるようにして、お美知に連れられて伊能屋の主が訪ねて来た。

「新兵衛《しんべえ》と申します。お美知さんの母親は私の姉でございまして……」

新兵衛は人のよさそうな顔で挨拶すると、早速大金を払う女中の話をしてくれた。

それによれば、女中はけっして名は名乗らない。

それとなく聞くと、今の側室知世の方さまの名を出したという。

しかし伊能屋は、側室知世の方さまの使いなら現金は持ってこないことはわかっている。きっと磨須さまの女中だと思うものの、悪女とはいえ閉じ込められているのをあわれと思って、深くは詮索しないで売り渡していたというのであった。

「これだけの町です。領内は奢侈禁制《しゃしきんせい》で高価な物は売れません。情けないことですが、たとえ相手が閉じ込められたお方でも、法外なお金を払ってくれる客には弱い。ですからつい表に出さずにきた、ということもありましょう」

新兵衛はしかし、いつかばれる日が来るに違いないと思っていた。

話してほっとしましたと大きくため息をついたのである。

新兵衛が帰ると、

「知世の方さまに罪をかぶせようとしているのかもしれません」

忌々《いまいま》しそうに言った。

なにしろこの藩は、奥の節約も徹底しているらしく、針一本、紙一枚まで大切に使うように言われていて、奥に遊びに行ったお美知は、呆れたくらいだというのであった。

「でも、磨須という人はお寺に入れられてもう七年目だと聞いています。どうしてそんなにお金が手元にあるのでしょうね」

お美知は言った。

九

暮れていく深い谷に、ひっそりと佇《たたず》む古い寺。それが小谷の寺と呼ばれる磨須が暮らす寺だった。

初代藩主の時代、将軍の肝煎《きもい》りで領内にやってきた僧がいた。名を浄円《じょうえん》といったが、その僧のために藩主が建ててやったのがこの寺だという。

藩主の行為は将軍家の手前もあったのだろう、この僧が亡くなるとこの寺に祀《まつ》り、以後数代は住職もいたらしいが、先代の頃にその住職が亡くなってから、寺は無人になっていた。

藩は建物の保存だけはしてきたが、多額の扶持米《ふちまい》を必要とする寺の維持に二の足を踏み、そのままになっていたのである。

藩主の側室や縁戚の墓を守る菩提寺はむろん別に立派な寺がある。

薄墨色《うすずみいろ》に染まる谷に、白い霧が渡って行くのを、弦一郎は吉三郎と見詰めていた。

「日が落ちれば闇の世界です」

吉三郎が言った。

「うむ」

二人は細い道を歩いて、寺の門前近くまで近づくと、茂みの中に身を隠した。

寺に押し込められて七年近くになるのに、そんなお金がどうして手元にあるのかと言ったお美知の言葉が気になって、小谷の寺のある村で調べてみると、月に二回ほど、暗くなってから、ひそかに寺を訪れる人がいるという。

月の初めと月の中頃、その訪問は決まっていて、村人たちは、きつねのお参りじゃ、などと言い、恐れて確かめに行く者もいないということだった。

——きつねが、磨須に金を届けているのかもしれない……。

そう思った弦一郎は、この寺を張り込むことにしたのである。

なにしろ、大切な生き証人を失ったのだ。

秋元が生きていては、代官所は窮地に立たされる。それで秋元末次郎は殺されたに違いないのだ。秋元の署名の入った証文も、こうなってみると、脅されて書かされたものだと言い逃れることもできる。

栗原代官所との交渉はこれからだが、綺麗に決着をつけるためには、相手がぐうの音も出ぬ決定的な証拠が必要だ。

「もう三日目になります。今夜辺りは現れるかもしれませんね」

吉三郎が言った。吉三郎は妙に緊張している。きつねのお参りが怖いようだった。

果たして、四ツの鐘が鳴り始めた直後、竹や雑木の茂る参道に、黒い影が二つ現れた。

提灯の光が二つ、影と一緒に動いてくる。

「来ましたよ」

吉三郎が震える声で言った。

するとなんと、寺の門が静かに開いたのだ。ちらと門の向こうに女が見えた。この女も手燭《てしょく》を持っている。

「女中ですね。二人ついているはずですから……」

それは藩主の温情だった。厳しい藩の財政の中から、三人の暮らしを守り、女中二人には、磨須の世話と話し相手を申しつけたというのである。

見張りも最初のうちはいたらしいが、二年目ぐらいからは、徒目付が思い出したように巡回してくるぐらいで、見張りもゆるくなっているから、実際に座敷牢でじっとしているか疑問だと吉三郎は言った。

「行くぞ」

二つの黒い影が門の中に入ろうとしたその時、弦一郎は吉三郎と門の中に走り込んだ。

「何者！」

仰天して顔を向けた男に飛びかかってその手をねじ上げた。吉三郎ももう一人の下男のような男をとらえた。

弦一郎がねじ上げた男は、黒い頭巾を被っていた。下男はこれまた鼠色の頬かぶりをしていた。

「磨須さま、たいへんです！」

女中が慌てて奥の寺に走り込んだ。

寺と言っても、建坪《たてつぼ》二十坪ほどのものであろうか、その寺の中の灯がひときわ大きくなって、その光の中に、白い小袖にあでやかな打ち掛けを羽織った女と、もう一人の女中とおぼしき若い女が浮かび上がった。

「父上！」

打ち掛けの女は叫ぶと、弦一郎がねじ上げている男の側に走って来た。

「来るでない！」

父上と呼ばれた男は叫んだが遅かった。

女は走って来ると、鬼のような顔で弦一郎に言った。

「放せ……聞こえぬのか！」

目鼻立ちのはっきりとした女だった。勝ち気そうな目が弦一郎を睨み付けている。

「やはりな、きつねの正体は渓舟こと、桑山勘兵衛だったか」

言うなり、弦一郎は父上と呼ばれた男の黒い頭巾を剝ぎ取った。

「桑山さま」

思わず吉三郎が叫んだ。

歪んだ醜い顔に眼穴の白髪頭が提灯の灯に照らされている。

「無礼な、わたくしたちを誰だと心得ている。名を名乗れ」

磨須は金切り声で叫んだ。赤い紅を塗った唇が歪んで、これがあの思慮深そうな
藩主の側室だったのかと思うと、驚くほかはない。

「私は、小栗藩に雇われてある事件を調べている片桐弦一郎と申す者、そなたは、元側室磨須の方ですな」

「……」

磨須が一瞬怯《ひる》んだ。弦一郎は畳《たた》みかけた。

「この者が……いや、そなたの父が、何をしてきたのか存じているのではないかな。藩の大事な品を盗掘させ多額の利を貪っている。しかもたびたびこうして、追放された領内に入り、今日はこの者の命を受けた者どもが、代官所の侍をよってたかって殺している。桑山勘兵衛、渓舟の名にふさわしくない大罪人だ」

磨須の目を睨みすえて言った。

「磨須に罪はない。罪はわし一人にある。磨須は悪くない。磨須は側室だ」

渓舟が叫んだ。

「父上……」

磨須は腰を落として父の手を取った。

「父上、もういいのです」

磨須は泣き崩れた。泣きながら磨須は叫んだ。

「父が悪いのではありません。悪いのは御館です。父を連れて行くのならわたくしも連れて行きなさい！」

弦一郎が宿に戻ったのは、翌朝の六ツだった。

家老と目付が渓舟を訊問するのに同席していたのだ。

渓舟こと桑山勘兵衛は、最初は口を割らなかった。だが次第に藩庁の批判を口にし、自分たち親子は藩のために犠牲になったと怒りをぶちまけた。

弦一郎はこの取り調べに同席しなければわからないことだったが、桑山と藩との関わりを聞いて驚いた。

桑山勘兵衛とは、もともとは隣国親藩《しんぱん》高田藩で油問屋を営んでいた商人だったのだ。

それが、先々代の頃のこと、小栗藩の治水工事に多額の金を投資してくれたのだ。

小さな小栗藩は、商人でも百姓でも、藩に大きく貢献した者には、苗字帯刀《みようじたいとう》はもとより、優れた人材であれば藩士として登用する。

桑山勘兵衛もその口だった。治水工事がきっかけで小栗藩との繋がりが深くなり、ついには藩の中堅の侍として登用されたのだった。

やがてその才覚は認められ、前藩主の代からは江戸の留守居役を仰せつかることになったというのであった。

そういった経緯の上に娘の小谷の寺押し込めとなったものだから、藩に対しての恨み骨髄で、家老の神尾にも平気で嚙みついた。

神尾家老は、桑山を御館に隣接してある牢に入れた。

また江戸の殿様にお伺いをたてなければならないが、斬首《ざんしゅ》は免《まぬが》れまいということだった。

ほとほと疲れて宿に帰ってきたのだが、朝食を済ませてひと眠りしたところに、味岡征四郎がやって来た。

「お頼みしたいことがあって参りました」

征四郎は暗い顔をしていた。

宿の者がお茶を出して階下におりると、膝を寄せてきて小さな声で言った。

「桑山勘兵衛がつかまったようですね」

弦一郎は、これまでの経緯を教えてやった。

「きっとそのことで私に会いたいと言ってきたのだと思いますが、実は小谷に押し込められている磨須さまから文が参りまして、会ってほしいと……」

「何……」

「それも今日のうちにと。随分急いでいるのです」

「……………」

「この話は長い間胸の中に封印して、思い出すのも嫌だったのですが、実は私と磨須さまは、かつては許嫁でした。ところが突然約束は反故《ほご》にされて、あれよあれよという間にあの人は殿様の側室になったのです」

弦一郎は頷いた。

「お子が生まれて、権勢を誇るためだったのでしょうか、我々の目にも、目に余る贅沢《ぜいたく》な暮らしを始めて、領内の者たちからすべからく反発を受け、それで小谷の寺に入れられた人です。私はいまさら会うのは辛いのですが、放ってもおけませぬ。それで、小谷に参ろうと思います。むろん目付に届けて参りますが、片桐さまに同道頂ければ心強い。そうすればのちのち問題になることもございません。いかがでしょうか」

征四郎は言い、弦一郎の顔をじっと見た。

「わかりました。行きましょう」

弦一郎は、強い口調で言い頷いた。

二人はすぐに宿を出た。

小谷の寺に着くと、門前には女中が一人、待ちくたびれたような顔で待っていた。

「あなたは……」

女中はぎょっとして弦一郎を見た。その目には敵意がありありと見えた。

「私が願ってついて来て頂いたのだ」

征四郎が言った。女中は不服そうな顔をしてみせたが、あきらめ顔で本堂の隣の部屋に案内した。本堂も八畳ほどのものだが、こちらも六畳ほどの座敷になっている。

弦一郎は座敷の外の縁側に座った。

間をおかずして、磨須が奥から現れた。

なんと磨須は、髪を下ろしていた。

お付きの女中が三方《さんぼう》の上に半紙を敷き、その上に磨須の切り髪の一部を束ねて載せていた。

「お久しゅうございます」

磨須は座ると、弦一郎には目もくれず端座している征四郎に言った。

弦一郎は、おやと思った。磨須が昨夜とはうってかわって薄化粧になっていたからだ。毒々しくみえた真っ赤な口紅も、薄い控えめな色になっていた。

一見いかにも改心したようにみえたが、まだその目の色には、憤りが渦巻いているのが見える。

「息災《そくさい》でなによりです」

征四郎は頭を下げた。努めて冷静を装っていた。

ゆっくりと頭を上げて背を伸ばすと、

「お呼びにより参上致しましたが、なんの御用でしょうか」

「水くさい言い方はお止め下さいませ」

磨須は笑みを浮かべた。

その笑みを見て弦一郎はぞっとした。

磨須の笑みは、男に媚《こ》びる女郎《じょろう》のように見えた。努めて可愛い女を演じているように弦一郎には見えた。

ただ、目も鼻も口も大きく、遠目には見栄《みば》えはいいが、近くで見るとくどい感じがした。

征四郎の今の妻のほうが、よほど美しい。上品な美しさだと思った。

「わたくしがあなたを棄てて殿のお側にお仕えしたからですね」

「そういうわけではありません。あなたは側室にまでのぼられたお人です。私は一介の侍です」

「そんな言い方はしないで下さい。わたくしも好きで側室になったのではございません。父上の望みをかなえてやりたかったのです。父一人娘一人、長い間二人で暮らしてきたのです。ただただ父の気持ちを考えて……」

「磨須さま」

征四郎は強い口調で磨須の言葉を遮った。

「今日私を呼んだのは、昔話をするためではないでしょう。ご用件をおっしゃって下さい」

「征四郎さま……」

磨須は一瞬哀しそうな顔をした。だがすぐに側室磨須の顔になって、

「あなたから、これをご家老さまにお渡し頂けませんでしょうか」

女中が、磨須の切った髪が載っている三方を、征四郎の膝前に置いて引き下がった。

「これは……」

「わたくしの髪です。父上が昨夜そこにいる者に捕まって御館に連れて行かれました」

きらりと初めて弦一郎に険しい視線を投げながら言った。

「父上は、きっと重い罪に問われるに違いありません。でも、誰がどう言おうとわたくしにとっては父親です。罪一等を減じてほしくて、昨夜髪を下ろしました。どうか、わたくしに免じて父の罪の軽減をお願いしたく、それであなたに来て頂きました」

「承知しました。お渡ししましょう。ただ、お渡ししても、あなたのおっしゃるようにならないかもしれない」

「征四郎さま……」

磨須は膝を寄せてきて、征四郎の手をとった。

吉三郎が、磨須は男にとりいるのがうまい、それで殿様を籠絡《ろうらく》したのだと言っていたが、それを思い出して、弦一郎は嫌な気分になった。

だが、そう思ったのは束の間のこと、征四郎は磨須の手を払いのけた。

「あっ」

磨須は恨めしそうな目で征四郎を見た。

征四郎はすばやく後ろに下がって言った。

「いまさらではございますが、私はあなたが殿様の側室になったことを恨んだことはありません。私も私にふさわしい妻をもらいました。ひたすら倹約に励み、内職をし、子供を育て、私に寄り添ってくれています。私がいま、あなたに申し上げるとすれば、いまからでも遅くはない。虚栄や見栄を捨てて暮らして頂きたい。さすればこれまでとは全く違った景色が見えるのではないかと……」

「……」

磨須は黙って征四郎を見た。

やがてすっくと立ち上がると、部屋を出て行った。

「磨須さまは、いまやあなた様だけが頼り、どうか罪が軽減されますようお頼み申します」

女中は深く頭を下げた。

十

風はここ数日で冷たく感じるようになっていた。

だが、風が吹かぬ日は、さわやかで過ごしやすく、夏の終わりまで葉を茂らせていた木々も、今は静かに秋が深くなるのを待っているように感じられた。

もうひと月もすれば、黄櫨《はぜ》や楓《かえで》は紅葉するに違いない。

弦一郎は、宿の窓から見える町の外れの丘《おか》の上に、気になるものを見付けていた。

丘の上に、孔雀《くじやく》が羽を広げたように、こんもりと茂る木だった。

樹形のせいか葉はまだ柔らかな緑に見え、瑞々《みずみず》しくも逞《たくま》しい樹木の精が宿っているようで、眺めているだけで癒やされる木だと思った。

「夫婦《めおと》楠《くすのき》って呼ばれているんですよ」

窓から覗いている弦一郎に気付いた女将が、今朝教えてくれたのだ。

――江戸に戻る日も近い。登ってみるか。

弦一郎は急に丘に登りたくなった。

部屋を出て階下におりると、

「これをお持ち下さい」

女将が竹の水筒を渡してくれた。

弦一郎は草鞋《わらじ》を履いて宿を出た。

事件が一応の決着をみることになり、後は代官所との交渉が残っているだけだ。

ひとまず今日は手があいた。せめて丘にでも登って江戸への土産話《みやげばなし》にでもするか。

町外れから丘の道に足を向けた。無心で登る。すぐそこにあると思った丘は、意外に遠く、また丘への道も急な坂道で息が切れた。黙々と登りながら、弦一郎は昨夜御館で行われた、桑山勘兵衛への調べを思い出していた。

これまでと同じく神尾家老の言葉にも横を向いていた桑山が、弦一郎が半紙に包んできた磨須の切り髪を膝前に置くと、ぎょっとして見返していた。

「磨須さまの髪だ」

「磨須の……」

驚いて両手で取り上げてじっと見詰める。

「髪を下ろされたのだ」

「……」

桑山は、いやいやをするように首を横に振ると、

「そんなことがあっていいはずがない。あれは、娘は、殿の側室ですぞ。いずれ、また、殿のお召しがある」

歯を剝き出すようにして弦一郎を睨んだ。

「嘘ではない。味岡どのにこの髪を託されたのだが、私も同席していたのだ。その

時磨須さまはこう言われた……わたくしにとっては大切な父です。きっと重い罪に問われるに違いありませんが、わたくしは罪一等を減じてほしくて昨夜髪を切りました。どうか、わたくしに免じて、父の罪の軽減をお願いしたく」

「磨須！」

桑山は大きな声で娘の名を呼ぶと、切り髪を両手で握りしめて泣き出した。

神尾家老も目付の柴岡も、無言で桑山を見守った。

「何のためにわしが苦労をしてきたのか……お前を幸せにするためじゃないか……」

桑山は言い、肩をふるわせた。

父一人娘一人の桑山は、娘に桑山家の将来を託していたのに違いない。その執念が深い分、娘が髪を下ろしたことは衝撃的であったようだ。

これでもう桑山家の栄華《えいが》はない。そう思ったに違いない。

不用意にも口走った言葉からは、磨須がまた殿のお側に呼ばれると考えていたようだが、あの殿はそれほど暗愚《あんぐ》ではないと、桑山の歪《ゆが》む顔を見て、弦一郎は思ったものだ。

「桑山どの。すべてを白状《はくじょう》して殿の裁断を受けられよ。正直に申せば、磨須さまのこともある。罪一等を減じられることもある」

神尾家老が静かに言った。

すると桑山は顔を起こして、神妙な顔で吐露したのである。

輝安鉱盗掘は、すべて自分が教えてやらせていたことを……。またその金をせっせと娘の磨須に届けて、娘の気持ちを慰めていた。側室としての誇りを保たせてやりたい親心がそうさせていたのだということも正直に吐いた。

磨須を元の側室の座に戻してくれないのなら、小栗藩などぶっ潰してやる。そういう気持ちで暮らしていたと。

秋元末次郎を殺したのも、小栗藩を窮地に陥《おとしい》れるためだったことを桑山は認めた。

最後に桑山は、姿勢を正すと、こう言ったのだ。

「私は命は惜しくない。斬首に値する罪だと思っている。ただ、娘は、私の犠牲になったのだ。親の欲が深いために娘をあらぬ方向に導いてしまった。この上は、私の首を刎《は》ね、娘はどうか、小谷から解き放していただきたい。隣藩高田藩には、遠い縁戚がまだ住んでいる。そこに送ってもらいたい」

神尾は言った。

「そなたの意は、殿に必ず伝えよう。磨須どのを小谷に置くことについては、殿は心を痛めていたはずだ。ただ、今だから申すが、わが小栗藩は身分を問わず、倹約し、身を慎まなければ統率もとれぬ藩だ。助け合わなければ暮らしはなりたたぬ。そんな中での磨須どのの贅沢三昧、傍若無人の行いは前代未聞、小栗藩では許されぬ。こうなったからといって、殿や藩を逆恨みするのは間違っている」

桑山は頭を垂れていた。

心に響くものがあったに違いない。

打ち首になるか、どこかの島に流されるのか、まだそれはわからないが、事件の調べはこれで一段落したのであった。

「ふう……」

ようやく丘の上に立った弦一郎は、大きく息をついた。

面前に大きく枝を広げた楠が見えた。

大きかった。町から見上げていた楠が、これほど大きかったのかと驚いた。

弦一郎は、腰につけてきた水筒をとった。

まずは喉を潤《うるお》してじっくり木の下に近づいて眺めてみようと思ったのだ。

水はぬるくなっていたが、それでも旨かった。この辺りに住む人々は、新鮮な山から流れ落ちてくる水を飲み水として使っている。口に含むと甘かった。このなんともいえない水の旨さは他にないだろう。

弦一郎は喉を鳴らして飲み、水筒の栓をしようとして気付いた。

——おや……。

楠の木の下に女がいるではないか。

近づいて驚いた。

「お美知さん……」

「弦一郎さま……」

驚いたのは弦一郎よりもお美知のほうだった。

「どうなさったのですか」

とお美知は言った。

「お美知さんこそ、どうしたのだ」

弦一郎は、お美知の姿をながめた。

お美知は裾を短に着て、草履を紐で固定している。

「私がこちらに、小栗藩に参りたかった一番の理由は、この楠を見ることでした

「……」

お美知は、はにかんで言った。

「何……わざわざ江戸から、この楠を見にきたというのか」

「はい。この楠の下で、父は母と巡りあったと、そのように聞いておりました。ですからぜひ一度、この木をこの目で見てみたい、そう存じまして……」

「………」

お美知は振り返って、高く伸びた楠を見上げた。

弦一郎もつられて見上げる。

枝は大きく手を広げて葉を茂らせ、下から見ていると、木の葉にふわっと包まれているような錯覚に陥る。

「この木の、どこかの幹の肌に、父は小刀で木の皮を取り除き、二人の名を彫ったと、そう話してくれました。その文字を、この目で見たくて……」

「そうか、そんなことがあったのか……」

「でも、見つかりませんでした」

お美知はため息をついて、

「あるはずがありませんよね。私の生まれる前のことですから、もうずいぶん経っているんですもの」

「ふむ……」

弦一郎は手を幹にあて、ざっとそのような彫りがないか見回したのち、掌で幹を叩き、上を見上げて、

「もし残っているとすれば、木に登らねば見えぬな。一年でどれほど伸びるのかわからぬが、あったとしても、上のほうだ」

「ええ、それにもう、新しい皮に覆われてしまって跡形《あとかた》もなくなってしまったのかもしれません」

お美知も楠の肌を確かめるように幹に手をやり上を見上げた。

根元は大きく二つに分かれているが、その分かれた幹が、それぞれ天に伸びて枝を広げ、助け合ってひとつの大きな安らぎの空間をつくっている。

「宿の女将から聞いたんだが、この木は、夫婦楠と呼ばれているそうだな」

「ええ、私も伊能屋の者から聞きました」

「そうか、しかし、いい話ではないか。ここで古屋さまは、そなたの母と一緒になろうと約束したんだな」

突然古屋留守居の顔が浮かんできた。

今や年老いて、しかも飄々《ひょうひょう》としていて、昔そんな恋のやりとりがあったなんて、これっぽっちもうかがえない。

「片桐どの」などと言って殺し文句で頼みこむ古屋留守居を思い出して笑みをかみ殺した。

「私の母は、玉というのですが」

お美知は、木の下の影からひなたに向かって歩きながら、

「伊能屋のおばあさまの話によれば、母がたびたび家を抜け出して行くので調べさせたところ、この丘に登って、父に会っていたと……それで、伊能屋ではどうしたものかと案じたようです。でも父の真面目さや誠実さはわかっていたから、お玉の気持ちが実ればいい、そう思って見守っていたそうです。でも、そのようにはならなかった……」

「……」

弦一郎も木の下からひなたに出ると、お美知と一緒に楠を振り返った。

「しかし、それには事情があったのだろう。お父上は江戸詰となったのだ。だから、そなたの母は江戸に出ることになった」

「弦一郎さま……」

意外なことを知っているものだとお美知はびっくりしたようだった。

「手紙にあったのだ。古屋さまの手紙にな」

「まあ……」

「むろん、ここで会ったなどという艶話は書いてはおらなかったが……」

「私は母を早くに亡くしました。大人になって、自分が一人前の女になって思ったのは母の気持ちでした。江戸まで追っかけてきたのに……母はどれほど無念だったことかと……」

「……」

「こんな田舎から、単身好きな人を追って江戸に出るなんて、よほどの決心がなければ出来ませんもの」

「確かに……」

弦一郎は頷いた。

「でも母は、父と、表立って夫婦とは認められないまま亡くなったんです」

「古屋さまもそれを気にかけておられた」

その言葉に、お美知は弦一郎の顔を見た。

「本当だ。そなたを案じるあまりに書いた文の中にそのようにな……つい、持ち続けてきた気持ちを吐露されたのだと思う」

「父上が……」

言ったお美知の双眸《そうぼう》に涙が膨《ふく》らんだ。

「愛していたのだ、そなたの母上を……それがために、殿様からすすめられた女《ひと》を断ったのだそうだ。だからすぐにそなたの母と祝言《しゅうげん》をあげることは出来なかったのだ。頃合いを見てと思っていた時に、そなたの母は亡くなられた」

「……」

「どれほど愛情が深かったか……その後誰とも一緒にならなかったことを考えれば、古屋さまの心がわかるというものだ」

「お母さま、よかったわね……」

お美知は、楠に向かって呟《つぶや》いた。

一瞬、楠の葉が風にゆったりと揺れるのが見えた。

ふっと弦一郎がお美知を見ると、お美知の目から、ぽろぽろと涙がこぼれ落ちていた。

弦一郎は、古屋がもうひとつ述べていたことについては、お美知には告げなかった。

古屋は手紙の中で〈せめてもの償いに、お美知は古屋の娘として嫁がせたいと考えている〉……たしかそうあったが、それはお美知が直接古屋から聞くほうがよい。

弦一郎はそう思ったのだ。

「ここに来てよかった……母も喜んでくれていると思います。私もずっとあった父へのわだかまりが解けました」

「うむ」

弦一郎は頷いてやった。

お美知の脳裏にも、弦一郎の脳裏にも、楠の下に立つ若い古屋とお玉の姿が過ぎった。

お美知は嬉しそうな笑みをみせた。

そして、広場の端の崖《がけ》の上に立った。手を広げて大きく息を吸う。

「よい眺めだな、ここは……」

弦一郎も並んで立ち、眼下を眺めた。

御館や陣屋町など領内が一望できる。

吾助たちが刈り取っていた稲は、束にされ、稲掛けに掛けられて日の光を浴びている。

「あの稲の脱穀《だっこく》が終われば、村祭りが行われるのですって」

お美知が言った。

領内はここからみれば穏やかだった。何の問題もないように見受けられた。今見ている田の実りも、稲作の出来る田が少ないために、藩は常に困窮を極めている。

しかし、弦一郎が驚いたのは、桑山勘兵衛は別として、この国の領民の辛抱強さと絆の強さだ。

水練で頑張ったあの藩士たちも、この、今眼下に見える領内から江戸に赴いている人たちだったのだ。

だからこそ皆、なりふり構わずに頑張ったのだ。

水練の連中の絆の強さ、辛抱強さには、弦一郎は脱帽した。

――そして……。

弦一郎は振り返って楠を見た。

――この楠は、皆をずっと見守って来ているのだ……。

「あっ、あの鳥、鷹《たか》かしら……」

お美知が突然声を上げて、前方の空を飛ぶ大きな鳥を指した。

「鷹だな、立派な鷹だ」

弦一郎は言った。

鷹は悠々となんども二人の視線の先を飛んで見せた。

久しぶりに見る鷹の勇姿《ゆうし》だった。

鷹は突然大きく飛び上がった。そして楠の上を飛び越えていずこかに去って行った。

「弦一郎さま、こちらです」

弦一郎はこの日、お美知に連れられて、御館の周りに広がる柿畑に向かった。側室お知世の方に、挨拶をするためである。ただ、挨拶といっても暇乞《いとまご》いの挨拶だった。

急に小栗藩を発たなくてはならなくなって、今朝旅支度をして宿を出ている。これから弦一郎は、目付の柴岡とともに、栗原代官所に向かわなくてはならなくなったのだ。

事件のすべてを書き記した文書を代官に突きつけて、事件の決着をつけるためだ。おそらく代官は、こちらの調べに何の反論も出来ないだろうというのが、家老以下皆の考えだったが、爪印《つめいん》を貰っておかなければ向後《こうご》の憂いとなるやもしれぬと考えたからだ。

ただ、万が一、代官が渋った場合には、今栗原領内に来ている道中奉行に訴えるつもりだった。

その後は江戸に向かって旅立つのだが、途中で故郷の母に会い、他藩に預かりの身となっている、かつての藩主の嫡男倉田信芳にも会っておかなければならない。

この小栗藩の領内にもう一度戻ってくることはないのである。

お美知には、そのことも伝えての、今日の訪問だったのである。

「ああ、あちらにいらっしゃいます」

お美知は、柿畑にひときわ華やかにみえる人たちを指した。

奥の女たちだった。

皆、しごきで着物の裾を上げ、いさましく襷《たすき》をして、長い竿を手に騒いでいる。

柿はまだ青い部分があるにはあるが、熟し始めていた。

「お知世の方さま」

近づいてお美知が声を掛けた。

いっせいに奥の女たちが、お美知と弦一郎を見た。

「お美知さん、その方が片桐弦一郎さまですか」

涼しげな声は、女たちに囲まれたひときわ美しい人の声だった。

弦一郎は目を瞠《みは》った。

先の側室磨須はおおぶりな女子だった。顔のつくりも大ざっぱで大輪《たいりん》の花を思わせたが、お知世の方は色は白く、黒目がちの凜《りん》とした女子だったのだ。

鄙《ひな》びたこのような田舎に咲く笹百合《ささゆり》のような人だった。

「片桐弦一郎と申す。本日こちらを発ちますのでご挨拶にまいりました」

弦一郎は緊張していた。

なにしろ、女たちは物珍しそうに見ながら、くすくす笑っているのだ。

「残念ですこと。お美知さんがあなたのことを熱心に話すものですから、ぜひお会いしたく思っておりました」

「………」

どう返事をすればいいのかわからない。

すると、びっくりするようなことを口走ったのだ。

「お美知さん、お似合いですよ」

「あっ、あの」

何か言おうと口をぱくぱくしたその時、

「お方さま、片桐さまにお願いしてはいかがでしょうか」

一人の奥女中が言った。

お知世の方は頷いて、

「旅に出るところをすみませんが、あの、てっぺんにある柿をとっていただけませんでしょうか」

と言う。

見上げると、なるほど、その辺りの柿が色づいている。

「この柿は、熟したら皆領民に分け与えます。でも一番先に、江戸にいらっしゃる殿様にお送りするのです。もちろん、江戸で殿様に仕えて下さっている皆様にも……それで女たちが総出で始めたのですが、とてもとても……」

微笑んで柿を見上げる。

「お安い御用です。ちょっと拝借します」

弦一郎は、竹の竿を女から貰うと、熟し始めた柿を次々ともいでいった。

女たちはいちいち手を叩いて喜ぶ。

そしてその女たちが最後に言う言葉が、

「お美知さんが羨《うらや》ましいわ」

「ほんとほんと……」

弦一郎は正直逃げ出したくなっていた。

お美知を見ると、にこっと返してくる。

——まずいな……。

いつ退出しようかと考えていると、向こうから男児が五人、かごを手に走って来た。

「お母上さま……」

と呼びかけた少年の凛々しげなこと。それが若様だったのだ。

若様は両脇に同じ年頃のお供を連れているのだが、

「祐太朗どの」

弦一郎は声を掛けた。なんとあの味岡征四郎の子息がいたからだ。

「みな、先頃若様のお相手に選ばれた方ですよ」

お美知が言った。

「片桐どの、柴岡さまがお呼びです」

その時、表《おもて》の使いがやってきて告げた。

出発の刻限が来たようだった。

「それではお別れをいたします」

弦一郎は手にある竿を奥女中に手渡すと、お知世の方に挨拶をして柿畑を出た。

「待って下さい、弦一郎さま」

お美知が追っかけてきた。

「父に伝えて下さいませ。この山の紅葉をみたら帰りますと」

「わかった」

弦一郎は、頷いてから背を向けた。

その背にお美知の視線を感じながら、弦一郎は気持ちを引き締めて目付の待つ御館の正門に向かった。

光文社文庫

文庫書下ろし／長編時代小説
すみだ川《がわ》 渡《わた》り用人《ようにん》 片桐《かたぎり》弦《げん》一郎《いちろう》控《ひかえ》㈣
著 者 藤《ふじ》原《わら》緋《ひ》沙《さ》子《こ》

2012年6月20日 初版1刷発行
2021年10月10日 2刷発行

発行者 鈴 木 広 和
印 刷 堀 内 印 刷
製 本 ナショナル製本

発行所 株式会社 光 文 社
〒112-8011 東京都文京区音羽1-16-6
電話 (03)5395-8149 編 集 部
8116 書籍販売部
8125 業 務 部

落丁本・乱丁本は業務部にご連絡くだされば、お取替えいたします。
ISBN978-4-334-76424-1 Printed in Japan

組版 萩原印刷